올리브 편

차례

17:47 -- 9P
 "다들 수고하셨어요."

18:30 -- 11P
 버스에서 내리고 보니 아직 하늘의 색은 크게 변하지 않았다.

18:37 -- 13P
 몇 명인지 묻는 직원에게 검지 손가락 하나를 들고

18:51 -- 16P
 홀로 술을 마시기에는 조금 이른 시간이다.

19:22 -- 22P
 문을 열 때 부딪힌 그녀는 얼마 떨어지지 않은 자리에 앉아 있다.

19:32 -- 24P
 잔의 가장 아래부터 세 마디 정도 차 있는 맥주를

19:36 -- 26P
 사람이 홀로 술을 마시러 오는 이유는 여러 가지 있다.

19:38 -- 29P
 뭔가 이상하다.

20:40 -- 38P
 "아저씨 아들은 요즘 어때요? 공부 좀 해요?"

20:55 -- 42P
 잔은 생각보다 가벼웠다.

21:22 -- 43P
 마티니 잔은 오랜 시간 마셨지만 작은 잔이기에 꽤 빠르게 비워졌다.

21:34 -- 46P
 혼자 맥주를 마시며 이어폰을 귀에 꽂고 허공을

21:49 -- 50P
  노래로 귀를 가리고 생각에 빠져 있던 나의 등을 누가

21:53 -- 52P
  낯선 사람과 대화는 늘 즐겁다.

22:01 -- 56P
  그녀는 손가락으로 잔을 돌리던 것을 멈추고 녹은 얼음들 사이에

22:28 -- 61P
  산 사람은 살아야 한다.

22:49 -- 66P
  우리는 한동안 말을 더 잇지 않았다.

23:11 -- 68P
  갑자기 입을 연 그녀는 내게 남은 술을 주고 가려고 했다.

23:13 -- 69P
  다시 혼자가 된 나는 술을 더 주문하지 않았다.

23:56 -- 73P
  술로 시간 값을 지불한 그녀가 떠난 자리에는

00:19 -- 78P
  쇠 냄새가 나던 그는 반쯤 열려있던 통을 열어서 하나 남은

00:30 -- 82P
  그가 이야기하기 전에 가진 공백은 불쾌함이 아니라

01:50 -- 100P
  한참 말이 없던 그는 감자튀김을 시켰다.

02:03 -- 103P
  전화가 왔다.

02:33 -- 109P
  이곳의 마감 시간은 새벽 세 시다.

02:36 -- 114P
  사람은 모두 자신의 이야기를 하고 싶어 한다.

17:47

"다들 수고하셨어요."
"감사합니다."
교수님이 강의를 일찍 끝내주었지만 어설프게 맞아떨어지지 않은 지하철 환승 구간이 귀가 시간을 지체시켰다. 서대문역을 시작으로 공덕-삼각지-사당으로 이어지는 환승 구간은 유난히 사람도 많다. 삼각지역 환승 구간은 꽤 걸어야 한다. 열차가 도착하는 안내 문구가 보이면 대부분 뛴다. 승객 일부는 포기하고 다음 지하철을 탄다. 오늘은 뛰었지만, 열차를 놓쳤다. 다음 열차를 타고 사당역으로 갔다. 사당역 4번 출구로 나오며 꽤 많은 버스를 보내야 탈 수 있겠다고 생각했다. 이어폰에서 흘러나오는 노래가 끊겼다가 들렸다 하기 시작한다. 저렴한 이어폰 줄이 또 끊겼나 보다. 좋은 것을 잃어버리고 난 후로 꾸준히 저렴한 것을 사서 오래 쓰지 못하고 버렸다. 걸음을 옮길 때마다, 바람이 불 때마다 끊김이 반복되어서 선을 아무렇게나 정리해 주머니에 쑤셔 넣었다. 수업 시간에 이미 본 인터넷 기사를 스쳐 읽기도 하고, SNS에 올라온 사진을 보며 의미 없이 휴대폰 화면을 만지작거렸다.

    자주 오던 버스는 흐름이 끊겼는지, 줄이 줄어들지 않기 시작했다. 휴대폰을 보고 있던 눈과 숙이고 있던 목에서 통증이 느껴져서 전원 버튼을 누른 뒤 이어폰이 담긴 반대 주머니에 집어넣었다. 눈을 감고 고개를 위로 향하여 목을 좌우로 풀어주었다. 그 상태에서 눈을 뜨고 본 하늘은 참 하늘색이다. 크레파스 바구니에 담겨있던 하늘색 크레파스보다는 조금 더 짙은 색을 띠고 있다. 짙다고 하지만 탁하지 않았고, 구름 없이 깨끗한 하늘색을 가지고 있는 하늘이다. 반팔 차림새로는 해가 지면 추워지는 시기이기도 하고, 며칠 전에 내린 비와 꾸준히 불어온 바람 때문인지 하늘을 보는 게 특별하게 느껴질 만큼 좋은 하늘이다. 두 사람 정도 비어있는 내 앞의 줄을 보고 한 사람 반 정도의 걸음을 옮겼다. 버스가 왔다. 이번에도 타지 못하고 더 기다려 다음 버스를 타고 집으로 향했다.

18:30

　버스에서 내리고 보니 아직 하늘의 색은 크게 변하지 않았다. 창가에 앉아서 해가 떨어지는 것을 보려 했는데 기대만큼 빨리 떨어지지 않았다. 오늘같이 날씨가 좋아서 기분까지 좋아지는 날이면 괜히 맥주가 마시고 싶다. 그래서 마시러 가자고 내가 나를 현혹했다. 스스로 현혹한 이유는 목록을 가득 채우고 있지만, 언제까지 해야 하는지 정해지지 않은 일들이 다수 있기 때문이다. 빠르게 해치우고 싶으면 집에 가서 언제든 쉽게 끝낼 일들이다. 나는 그렇게 부지런하지 않다. 오히려 빠르게 해치울 수 있다면 오늘 맥주를 마시고 난 뒤, 내일 아침에 일찍 일어나서 하면 된다고 생각하는 사람이다. 조금씩 짙어지는 하늘과 함께 자주 가는 술집으로 걸어갔다. 이 동네에 여기만 한 술집은 없다. 특히 혼자 마시러 가는 사람들에게 이 공간만 한 곳이 없다. 집에 적당히 연락해 두었다.

　돌출된 간판은 작아서 보이지 않지만, 처마 밑에 붉은색 동그란 조명이 여러 개 켜진 것이 보였다. 가게 안으로 들어가며 긴 생머리의 여자와 부딪혔다. 서로 고개를 숙이며 사과했다. 그녀가 지나간 자리에는 사막 위 발자국처럼 작은 오렌지 향이 났다. 문을 들어서자마자 왼편에는 오늘 팔아야 할 많은 맥주통이 즐비하게 늘어져 있다. 맥주통이 많이 쌓여 있다는 것은 가게의 자부심이지 않을까 싶다. 터키에서는 케밥을 만들기 위해 세로로 세워놓고 옆에서 불을 쬐어 익히는 고깃덩이가 있다 불을 따라 얇게 익으면 그만큼을 도려내어 빵과 함께 싸준다. 고깃덩이의 크기가 해당 매장의 하루 판매량을 자랑한다. 고깃덩이는 소고기 혹은 닭고기를 얇게 썰고, 일일이 손으로 쌓아 올린다. 사이마다 양의 지방을 넣어주는데, 그래야 고기가 서로 엉겨 붙기도 하고 고소한 맛을 내준다고 한다. 이곳의 맥주통들은 사이에 먼지 하나 쌓일 틈 없이 바뀌어 나간다.

18:37

 몇 명인지 묻는 직원에게 검지 손가락 하나를 들고 테이블이 아닌 바의 가운데에 앉았다. 이 시간대의 사장님은 안쪽에서 식사하고 계시거나, 필요한 재료를 밖에서 공수해온다. 반듯한 사장님의 가르마는 그동안 이 공간이 온전히 유지될 수 있었던 이유를 보여준다. 맥주를 주문했다. 바에 앉는 가장 큰 이유는 맥주를 담는 모습을 볼 수 있기 때문이다. 이는 나라마다 맥주 따르는 방법이 다르다는 것을 알게 된 이후 생긴 취미이다. 포르투갈 어느 숙소에서는 맥주를 따라줄 때, 절반 정도는 바닥으로 흘린다. 맥주가 나오는 입구에 잔을 붙이고 있다가 맥주가 나오기 시작하면 맥주와 함께 잔을 위아래로 올렸다 내리기를 반복한다. 잔 속에서 맥주끼리 마찰이 반복되다 보니 거품이 반이다. 그때 다시 잔을 내려놓고 조금 기울여 맥주 거품이 바닥으로 흐르게 만든다. 어느 정도 흘리면 분출 강도를 낮추어 맥주 위에 맥주가 거품 없이 쌓일 수 있게 담아준다. 액체를 꾹꾹 눌러 담아준다면 이런 느낌일까. 맥주잔은 손잡이를 제외하고 모든 곳에 맥주가 잔뜩 묻어있다. 입술에 유리잔보다 흐르던 거품이 먼저 닿는 기분은 마시기도 전에 좋은 취기를 예고해 준다. 맛은 역시 좋다. 다만 이 맛이 직원의 노력에서 뿜어 나온 최상의 맛인지, 해외에서 마시는 술이라는 심리적 요소 때문인지, 아니면 한 잔에 1유로밖에 받지 않는 친절한 가격 때문인지는 구분하기 어렵다.

프라하는 우리나라에서 사용하는 맥주잔의 절반 정도 크기의 작은 잔에 맥주를 담아준다. 아주 가득 담아준 것처럼 보이지만 거품이 반이다. 특별한 기술 같은 거 없이 '우리 집 맥주는 맛있으니까 일단 한 번 기술이고 뭐고 마셔봐.' 하는 느낌이다. 자신감에는 늘 이유가 있다. 절반을 차지하는 거품은 아래에 깔린 맥주를 선물로 만들어 준다. 거품을 천천히 마시다가 갑작스레 들이치는 맥주 탄산이 입속을 간지럽히는 것이 마치 선물을 받는 기분이다.

내게 맥주를 따라주는 직원은 맥주잔을 기울이고 잔을 조금씩 돌려가며 맥주를 담아준다. 거품이 발생하는 것을 최소화하기 위해 잔을 기울이는 것 같은데, 조금씩 돌려서 따라주는 이유는 잘 모르겠다. 여러 가지 방법으로 추론해 보았지만 가늠되지 않는다. 직원이 따라온 맥주가 바 위에 올려지고, 팝콘과 나초를 건네받았다. 부드러운 곡선으로 다듬어진 맥주잔을 쥐고 천천히 맥주를 들이켰다. 한 모금, 입에 담아 굴리면 적당한 탄산이 혀를 자극한다. 혀를 따라 굴러다니는 맥주들은 입천장이나 잇몸에는 별다른 자극을 주지 못하고 혀만 자극한다. 적당한 탄산이라는 묘사의 정도는 딱 이 정도가 아닐까. 자극 후에 자글자글 터져 나오는 탄산으로 입안에 맥주 내음이 가득해진다. 맥주를 삼키고 나면 깔끔하게 정리된다. 너무 깔끔한 나머지 입천장과 혓바닥이 건조한 기분이 든다. 그래서 잔을 내려놓지 못하고 한두 모금을 길게 늘어뜨려 마신 뒤에야 만족하며 내려놓을 수 있다. 벌써 잔 표면에 수증기가 엉겨 붙어 물이 맺히고 있다.

18:51

 홀로 술을 마시기에는 조금 이른 시간이다. 옆에 나란히 앉는 사람은 아직 없다. 직원은 바의 끝에 놓여 있는 의자에 걸터앉아서 손님을 기다리는 동시에 자기 손을 관찰한다. 언제부터 이곳에 혼자 오게 되었는지는 정확히 모른다. 제일 처음 홀로 술을 마신 경험은 신입생 시절 몇 달 사귀었던 여자친구와 헤어지고 나서 마시게 되었다. 그녀는 청춘의 첫 번째 기억이다. 대학교 신입생 때 하는 연애가 세상에서 가장 순수한 연애라는 말을 들었다. 그녀와 같이 술을 마시며 나눈 대화는 이전의 연애를 모두 어린애들의 장난이라 여기게 만들었지만, 함께 써 내려간 어설픈 몸짓은 당시 사랑이 얼마나 순수했는지 드러내 준다. 이 순수한 연애가 어떻게 시작되었는지 온전하게 출발선을 그어보기 어렵다. 낯선 사회에 덩그러니 놓여 있던 우리는 그다지 접점도 있지 않았는데, 어느새 연애를 시작했다.

    간헐적인 마주침으로 서로에 대한 존재를 알고 있었지만 가까운 사이는 아니었다. 소리 내어 인사 대신 생각 없이 뱉는 미소 덕분에 관계가 끊어지지 않을 정도로 얇게 유지되었다. 학년이 다른 우리는 같은 수업을 듣지도 않았다. 이런 사이가 가까워지는 이유는 역시 술이다. 당시 혈기 왕성한 스무 살의 우리는 굳이 내일을 생각하지 않고 술을 마셨다. 12년간 옥죄었던 사슬을 풀어 헤치고 해방된 기쁨을 잔을 부딪치며 누렸다. 그날도 어김없이 동기들과 술을 마시고 있었다. 그 전날도 마찬가지다. 목소리가 커지고 의미 없는 이야기가 오가는 동안 나는 취했다. 쪼개진 기억들은 모두 사라지고 부스러기만 남았다. 남아있는 부스러기를 들여다보면, 어느새 동기들은 선배들과 합석하였고 내 주변에는 그녀가 앉았다. 처음으로 가까이 마주한 순간이다. 다시 기억을 잃었고, 잠시 기억이 돌아온 상황에는 이미 서로에 대한 기본적인 안부 인사가 지나간 다음이었다. 그녀의 이름을 들었지만 기억하지 못했다. 별다른 문제는 없었다. 그저 눈을 마주치고 누나라고 부르면 해결되었다. 서로 집이 가까웠던 우리는 택시를 같이 타고 갔다. 출발할 때 들은 그녀의 집은 듣자마자 잊어버렸다. 가깝다고 하길래 택시를 탔고 같은 곳에서 내렸다. 헤어지려던 찰나에 그녀가 가볍게 맥주 한잔하자고 제안했다. 참 거절하기 어려운 제안을 건네주었다. 술기운 때문이지 제안에 담긴 마음의 무게를 괜히 기대했다. 택시 타고 오며 잠깐 졸은 덕분인지 맥주 한 잔쯤이야 하며 가까운 곳으로 들어갔다. 평범한 잔에 맥주가 담겨 나왔다. 손잡이까지 살얼음이 잡혀 있는 것을 보니 잔을 냉장고에서 꺼내준 듯하다. 메뉴판에는 대학생의 선택지가 없었다. 우리는 멋쩍어하며 맥주만 마시기로 했다. 여전히 그녀를 누나라고 부르며 이름을 기억하지 못한다는 것을 의도적으로 숨겼다. 누나는 살갑게 내 이름을 불러주었다. 우리는 투박하게 유리로 진동을 나누고 맥주를 마셨다. 탄산이 세지 않고 부드러우며 끝맛이 달았다. 입에 머금고 있던 맥주를 속으로 넘기니 단맛이 혀뿌리를 타고 역류해 양 볼로 퍼졌다. 침이 고였다. 따뜻한 보이차를 마시고 입안에 공기가 차오를 때 느껴지는 단맛과 같았다. 기울어진 잔 안에 평평하게 흔들리며 남아있는 맥주를 잠시 보고 다시 마셔보았다. 깔끔하게 비워진 입에서 다시 침이 혀와 아랫니 사이에 고이기 시작했다. 그 침은 달았다. 엉뚱한 표정으로 나는 잔을 보며 웃었다. 그녀도 나를 보며 웃었다. 신기하다며 서로 몇 모금을 더 들이켜고 우리는 학교생활에 대한 이야기를 시작으로 앞으로 무엇을 하고 싶은지 이야기를 나누었다. 둘이기에 나눌 수 있는 대화를 했다. 우리는 꽤 많은 공통 관심사가 있었다. 대화가 무르익을수록 우리의 고개는 조금 더 숙어졌고 눈 사이의 거리는 가까워졌다.

계산은 그녀가 했다. 먼저 나가 있던 나는 그녀가 나오기를 기다리다가 자동차 소리에 뒤를 돌아보았다. 몸을 움직여서 피할 필요 없는 간격을 유지하며 차는 지나갔다. 어느새 나온 그녀는 왼쪽 팔과 옆구리 사이에 손을 넣으며 팔을 껴안듯이 팔짱을 꼈다. 살짝 취한 것 같은 그녀는 나를 올려다보며 발그레 웃었다. 팔에 코를 묻더니 힘껏 껴안고 다시 놓았다. 그녀의 온도가 팔 전체에 스며들었다가 식었다. 갑작스러운 그녀의 행동으로 우리는 애매한 간격을 떨어져 나란히 걸었다. 가는 길에 별다른 말은 하지 않았다. 이야기를 나누기 애매한 간격으로 앞만 보고 걸었으며, 길모퉁이를 만나면 그녀가 돌기를 기다렸다가 따라가곤 했다. 그녀의 집은 멀지 않은 곳이었다. 맥주 딱 한잔만 하고 들어가기 좋은 거리 정도로 적당했다. 집 앞에 선 우리는 마주 보고 재미있었다는 이야기를 서로 다른 문장으로 몇 차례 나누고 악수하듯 입을 맞추었다. 나는 눈을 늦게 감았다. 별다른 의미는 없었다. 만나서 인사하고 손을 맞잡아 흔든 뒤 손등을 두어 번 두드려 주듯 우리는 입을 맞추었다. 나의 코와 가까운 그녀의 입꼬리에서는 아까 마신 맥주 향이 났다. 여전히 입에 맥주를 머금고 있는 듯이 은은하게 퍼져 나왔다. 그리고 달았다. 그녀는 눈을 일찍 떴다. 입술이 늘어지듯 떨어지자 우리는 별다른 말을 하지 못했다. 당황했거나, 어이가 없거나, 상대방의 기분이 상하지는 않았을까 걱정하며 머뭇거렸다. 입을 맞춘 시간보다 더 길게 머뭇거리던 우리는 어색하게 손을 흔들며 헤어졌다.

우리는 이후 학교에서 몇 차례 마주했지만, 이전과 다른 것은 없었다. 입을 맞춘 것이 악수한 것처럼 가볍게 인사하는 행위로 남았다. 몇 주가 지나고 우리는 토요일 저녁에 같은 술집에서 다시 만났다. 그녀가 먼저 연락했다. 역시 별일은 없었다. 오히려 첫 방문을 했을 때는 서로 편하게 이야기를 했으나, 이번에는 서로를 높여가며 이야기를 나누었다. 관계만큼 애매한 예의를 지켰다. 여전히 그녀의 이름을 정확히 알지 못했다. 그리고 그녀를 데려다주지 않았다. 계산을 마치고 손을 흔들며 뒤돌아 집으로 가는 것. 흔적은 있지만 아주 깔끔한 만남을 이어갔다. 이 흔적을 얼룩이라고 해야 할지 무늬라고 해야 할지 그때는 잘 몰랐다. 만남은 동네 친구라는 명목으로 지속하였고, 결국 같은 자리에서 맥주잔을 잡지 않은 손은 서로의 손을 잡고 있는 연인 사이가 되었다. 쉽게 손을 잡고, 입을 맞추고, 품을 나누었다. 이러한 과정 틈에 사랑 고백은 따로 없었다. 덕분에 우리는 이별할 때도 그만 만나자는 말로 이별했다. 헤어지자는 말처럼 맺은 정을 끊고 갈라서는 것이 아닌, 만남과 마주침을 더는 의도적으로 진행하지 말자는 이야기. 덕분에 서로 남긴 흔적은 깔끔하게 남았다. 피부색과 비슷해서 굳이 눈여겨보지 않으면 티 나지 않을 정도의 흉터와 같다. 그녀의 집 앞에서 그만 만나기를 약속한 뒤 나는 헛헛한 마음에 홀로 맥주를 마시러 갔다. 이게 내가 처음 혼자 술을 마시러 갔던 일이다. 여전히 맥주의 끝 맛은 달았다. 얼마가 지나 주인이 바뀌었다. 단맛은 사라지고 쌉쌀한 맛이 나기 시작했다. 더는 가지 않았다.

19:22

 문을 열 때 부딪힌 그녀는 얼마 떨어지지 않은 자리에 앉아 있다. 그녀도 홀로 맥주를 마시고 있었고 잔 표면에는 많은 물이 흐르고 있었다. 누군가를 기다리며 마시는 것 같다. 내가 마시던 잔 표면에는 물방울이 흐르지 않았다. 얇게 맺힌 수증기 위에 가로로 선을 그려보면 손가락을 뗀 마지막 자리에서 다 같이 흘러내렸다. 손가락에 남은 물을 휴지에 닦았다. 잔에 맺힌 물이 손에 닿는 것을 좋아하지 않는다. 잔의 테두리에는 매번 얼마나 마셨는지 알 수 있는 잔거품의 띠가 남아 있었다. 촉촉하던 거품은 그대로 웅크려 말라붙는다. 잔에는 사자 두 마리가 머리를 맞대는 그림과 western Bar라고 쓰여있다. 가게 인테리어는 모두 나무로 구성했다. 잘 코팅된 나무 테이블이 놓여 있고, 둘레에 등허리를 반 정도만 걸칠 수 있는 다리가 굉장히 긴 의자가 놓여 있다. 일어서 있는 종업원이 팔걸이에 편하게 기대어 서 있다. 가게 천장 모서리를 따라서는 수백 병의 술이 세워져 있다. 모두 목 근처에 선이 있는 거로 보아서 뜯지 않은 병들인 듯하다. 술은 아주 가지런히 일곱 줄 나열되어 있다. 결혼식이 끝난 부부를 앞에 두고 사진 찍기 위해 단상에 올라선 하객처럼 단정하게 서 있다. 간격과 사이가 얼마나 단정한지 맨 앞에 서 있는 병이 아니면 몸통에 붙어 있는 라벨을 전혀 읽을 수 없었다. 단골손님이 해외여행을 다녀와서 건네준 특별한 술병은 줄의 가장 앞부분을 차지했다. 이제 조금 있으면 흥겨운 음악과 함께 선정적인 영상이 화면에 나올 것이다. 지금은 재즈와 올드팝이 흘러나온다. 콘서트에서 부른 음악들이 그대로 관중의 환호성과 뒤섞여 흘러나온다. 소리에는 잡음이 낡음처럼 담겨있다. 이 시간대는 홀로 온 손님들이 가게 안에서 거리를 멀리 두고 앉는다. 테이블에 맥주와 서비스로 나오는 나초와 팝콘 한 접시가 있는데, 다들 잔을 비우는 속도가 느릿하다. 가게 안으로 비치던 햇빛이 그림자로 덮여가는 시간이 왔다. 이제 천천히 사람들이 들어올 시간이다.

19:32

 잔의 가장 아래부터 세 마디 정도 차 있는 맥주를 한 모금에 털어 넣을지, 두 번에 나누어 마실지를 고민하고 있다. 가장 아래 남은 맥주는 탄산도 날아가고 상온에 오래 노출되어 있다 보니 맛이 처음과 다르다. 나는 한 번에 다 털어 넘기며 한 잔을 더 주문했다. 가능한 만큼 목을 뒤로 넘겨서 깔끔하게 잔을 비우려 했다. 마지막으로 뭉친 거품은 누가 잡아당기듯 버티다가 매끄러운 잔을 따라 미끄러졌다. 어디 있었는지 몰랐던 잔여 맥주들이 잔 밑바닥에 고인다. 직원이 비워진 잔을 왼손으로 가져가며 표면이 번들거리는 새 잔을 오른손으로 테이블 위에 올려놓았다. 머핀 같은 거품이 넘칠 듯 넘치지 않는다. 내가 앉아있는 의자에서 한 칸을 건너뛴 자리에 누가 가방을 올려놓았다. 바로 옆자리에 앉았다. 그러곤 나와 같은 맥주 한 잔을 주문했다. 새로운 맥주를 마시고 있던 나는 그 사람이 누구인지 몰랐다. 잔을 내려놓자 나의 어깨를 두드리며 잘 지냈는지 물어본다.

19:36

사람이 홀로 술을 마시러 오는 이유는 여러 가지 있다. 그중 누군가는 낯선 사람을 우연히 만나는 것을 목적으로 둔다. 우연히 만나는 것이 목적. 이때 나이와 성별은 중요한 항목이 아니다. 공감해 줄 수 있는 눈빛을 갖고 이야기를 들어줄 수 있는 두 귀만 있으면 된다. 인수 아저씨는 그렇게 인연을 쌓아온 친구다. 아저씨뿐만 아니라 이곳에서 이름은 모르지만 오랜 시간 대화를 나눈 대부분의 사람은 비슷한 경로로 관계를 쌓았다. 인수 아저씨는 서울 노원에서 작지 않은 술집을 한다. 가게 이름은 Gorgeous, 가보지 않아서 모르지만 이름처럼 정말 아름다운 곳이라 한다. 칵테일과 위스키 같은 다양한 술을 값비싸게 즐길 수 있다. 아저씨는 과거 술집에서 일하던 바텐더였지만 힘들어서 사장이 되었다고 한다. 그러고는 하는 말이 직원보다 사장이 더 힘들다는 말을 늘여놓는다. 힘들어서 사장이 되었다더니. 아저씨는 주로 맥주를 한 잔 마시고 마티니 한두 잔을 아주 오랜 시간 동안 마신다. 때론 마시지 않고 인중에 잔을 걸친 채 향을 맡다가 내려놓기도 한다. 어느 날 내게 마티니 만드는 방법을 알려주었다. 진과 베르뭇을 이리저리 섞어서 마지막에 올리브를 올려놓는다고 한다. 그때나 지금이나 술이란 만드는 게 아니고 마시는 것이기에 비율 같은 것은 기억하지 못한다. 기억에 남는 건 올리브 이야기다. 과거 올리브 향이 익숙하지 않았던 사람들이 모르고 먹고 투정 부렸다고 한다. 그 때문에 한동안 조금 작은 올리브를 사용했다가, 지금은 올리브를 선호하는 사람에게 별도로 한두 개를 더 주신다고 한다. 처음 이야기를 나누고 아저씨가 마시는 마티니 자체가 섹시해 보여서 따라 주문해 본 적이 있다. 영화 007시리즈에서도 젓지 않고 흔들어서 섞어달라는 주문을 여러 번 들어보았기에 맛을 기대했다. 반투명한 술을 살짝 마시고 아저씨의 눈치를 봤는데, 이미 알고 있다는 듯이 서로 마주 웃었다. 당황스러울 정도로 독했던 마티니를 다 마시지 못했다. 어떻게 이 쌉싸름한 마티니를 마실 수 있는지 물어보니, 커피와 같다고 한다. 아메리카노를 처음 마실 때 왜 이렇게 쓴 음료를 마실까 하다가 어느새 물처럼 마시는 음료가 되어 있는 것처럼, 마티니도 그렇게 마시라고 했다. 그 이후로 꾸준히 마셨으면 지금쯤 잘 즐겼을지 모르지만, 그 뒤로 단 한 번도 주문하지 않았다. 아저씨의 맥주가 나왔다. 잔을 부딪치고 나는 마셨으나 아저씨는 마시지 않고 내려놓았다.

19:38

　뭔가 이상하다. 아저씨는 오늘따라 맥주를 얼마 마시지 않고, 직원에게 잔을 거두어 가게 했다. 마티니를 주문했다. 평소보다 시선과 안경이 더 아래로 내려오고 입이 살짝 벌어져 있다. 아무것도 마시지 않았음에도 불구하고 목젖이 크게 움직인다. 침을 삼키는 것 같다. 호흡은 일정하다. 뒤집어 놓은 휴대폰은 받을 수 없는 연락을 기다리는 듯하다. 눈치를 보며 시선을 마주치지 못하자 먼저 말을 걸어주었다.

　"요즘 학교생활은 어때?"

　학교생활은 매번 좋지 않았다. 특히 갖은 노력을 해서 들어온 대학교에서 더 커다란 권태를 느낀다. 아저씨의 질문에 대충 얼버무렸다. 시선을 마주치며 다음 이야기를 기다렸다. 아저씨는 마티니를 단숨에 비우고, 씨 없는 올리브를 약하게 깨물어 이쑤시개에서 빼먹었다. 올리브를 다 먹고 말이 없던 아저씨는 침을 삼켰다.

"오늘 아버지 기일이야."

남아버린 이쑤시개를 테이블에 던지듯 툭 이야기했다. 입을 통해 나온 말이지만 목구멍 뒤로 넘어가는 말. 나는 마주친 시선을 제때 거두지 못했다. 기다렸던 이야기가 아니어서 쉽게 말을 꺼낼 수 없었다. 시선을 피해 정면을 바라보며 탄산 튀기는 맥주를 마셨다.

"자네 아버지는 약주 하시나? 우리 아버지는 내 앞에서 단 한 번도 하시지 않았어. 절대 마시지 않으셨지. 제사상에 올리는 음복에도 헛구역질을 하셨으니 술에 대해 좋지 않은 기억이 있으셨던 거야."

아저씨는 다시 맥주를 주문해 입안에 있던 짭짤한 올리브 맛을 지우듯 물처럼 마셨다.

"아버지는 월남전에 참전하셨어. 전쟁이 시작되고 꽤 오랜 시간이 지난 뒤에 입대하셨는데, 공교롭게도 그때가 우리나라가 미국을 도와 군인을 보내기 시작했던 때야. 아버지는 비교적 낮은 계급이어서 파병에서 제외될 수 있었나 봐. 그런데 자대에서 살갑게 대해준 선임의 권유로 같이 가게 되었대. 당시 군대가 계급이 낮다고 그런

배려를 해줄 수 있나 싶었지. 그렇게 다녀온 아버지는 평소 전쟁의 참혹함에 대한 말은 내게 단 한마디도 해주시지 않더라. 굳이 마음을 좀먹는 기억을 떠올릴 필요가 없는 거지. 그러던 아버지가 돌아가시기 얼마 전에 내게 술을 먹지 않는 이유를 들려주었어. 내 나이가 마흔이 넘었을 때였는데, 처음으로 부자지간에 가까운 대화를 해보았던 것 같아.

당시 아버지는 부대에서 가장 앞서서 걸었어. 지뢰를 밟아 죽을 수도 있고, 적의 총에 가장 먼저 공격받을 수 있는 자리였지. 나란히 걷던 전우가 지뢰를 밟고 사라지는 것을 몇 번 봤대. 별다른 묘사 없이 펑 소리가 들리면 어느새 도랑에 빠져 누워있고, 누워서 몽롱하게 눈을 떠보면 너무도 맑은 하늘인데 고약하게 타버린 고기 냄새가 진동했대. 애도할 시간은 많지 않지. 이럴 때 총알이 어디서 어떻게 쏟아질지 모르는 상황이잖아. 커다란 소리로 정확한 위치를 적에게 전달했으니, 모두 도랑에 숨죽여서 사주경계를 해야 했어. 그러다 상황이 정리되면 다시 전진해야지. 그게 임무를 부여받은 군인이니까. 아버지는 운이 좋은 건지 죽지 않고 가장 앞에 서서 전투를 진행했어. 그 상황을 말하는 아버지의 눈을 보면 죽지 않은 것은 운이 좋지 않았던 것 같아. 어느 날 베트남 숲 안에 있는 작은 마을을 기습해서 점령했어. 별다른 저항과 공격이 없었기 때문에 피를 흘리는 일이 없었다. 그런데 지역 방언이 섞인 베트남어를 할 줄 아는 사람은 아무도 없기 때문에 마을 주민을 한 데 모았어. 이해할 수 없는 말로 은연중에 적과 내통할 수 있잖아. 부대원들은 마을 사람을 한데 모으고, 집 안으로 들어가 수색하고 주변을 경계했대. 집 안에 어떤 무기나 통신 시설이 있을까 하고 수색한 것 같은데 아무것도 없었나 봐. 부대원들은 작은 휴식을 취하고, 본부와 무전을 꾸준히 했지. 새벽에 시작했던 점령이 마무리되니까 해가 지기 시작했다고 하더라. 몇 시간이 지나도 아무런 문제가 없어서 마을 사람들을 시선 안에 두고 약간의 자유를 주었대. 하지만 마냥 편할 수는 없어. 점령지를 지키기 위해서는 주변에서 호를 파고 경계를 해야겠지? 너도 군대 갔다 와서 알잖아. 가장 낮은 계급이었던 아버지는 가장 오랜 시간 마을 경계에 숨어 있어야 했었어. 그때 마을 주민들이 부대원들에게 술을 나누어 주었지. 피곤한 일정을 보내고 문제가 없다는 것도 확인했는데 술이 나왔다? 처음에는 부대원들이 의심하고 마시지 않으려 했어. 그런데 파병 나와서 술을 마셔볼 기회가 그렇지 많지 않잖아. 가장 높은 계급 순으로 조금씩 받아먹기 시작했대. 한국군은 양민 학살 같은 짓을 하지 않아서 당시 베트남 사람들이 호의를 자주 베풀었다는 이야기도 있어. 오히려 적 위치를 고발하기도 하고 말이야. 그래서 나온 술을 호의로 받아들였지. 작은 손과 선한 미소로 건넸으니 말이야. 쌀로 빚어서 도수 높은 술이 피곤한 부대원을 빠르게 취하게 했어. 오랜 시간 경계에 나서야 했던 아버지는 마실 수 없었지. 등 뒤에서 벌어지고 있는 파티를 귀로만 즐긴 거야. 다음 근무자는 술에 취해 도무지 교대해 줄 생각이 없었어.

파티가 끝나고 마을이 조용해지기 시작할 때, 졸던 아버지의 잠을 깨우는 총소리가 들렸대. 긴장한 상태로 사주경계를 하는데, 눈앞에 있던 나무에 총알이 박히는 거야. 이상하잖아. 분명 경계가 무너지면 그전에 소리가 더 요란했을 텐데, 그런 과정 없이 등 뒤에서 사정없이 총알이 날아오니까. 대나무밭 근처에서 몸을 숨기고 있던 아버지는 얕게 파놓은 호 안으로 몸을 웅크리며 숨었어. 날아오는 총알이 대나무를 가르고 파편을 터트렸는데, 정신없는 그 상황에서 아버지는 대나무 살에서 나는 향을 맡았어. 풀냄새 같기도 한데, 조금 시큼함이 덜한 냄새. 향기와 파편 속에서 정신 못 차리고 있다가 뒤돌아서 마을을 향해 총을 갈기기 시작했어. 부대원들이 있는 것을 알지만, 부대원을 지키기 위해서는 그들을 향해 쏴야 했지. 탄피가 어지럽게 쌓이기 시작했어. 군인들에게 나누어 주었던 술독 아래에는 땅굴이 있었고, 거기로 들어온 거야. 수색하는 동안에는 그 독이 무거워서 차마 밀어볼 수가 없었지. 근데 비워져 버렸어. 술독에 있던 술은 쌀로 빚은 독이 되어버렸지. 마을에 있던 선임들은 잔치와 술로 인해 총질도 못 해보고 다 죽은 거야. 아버지는 뒤돌아서 총을 갈기다가 숨기를 반복하였고, 어느새 주위가 조용해져서 다시 몸을 웅크려 숨었대. 숨죽이고 조용하게 웅크려 있는 순간 주변에서 알아들을 수 없는 베트남 방언이 가까워지고 멀어지기를 반복했지. 간헐적으로 들리는 단발 총성은 아버지처럼 자리를 지키고 있는 병사들을 죽이는 것이었어. 가장 마지막에 이성을 잡은 덕분에 아슬아슬하게 최후의 죽음은 면한 거야. 흙 위에 바짝 웅크려 눈을 떠보니 바닥에는 대나무 파편과 그 위에 쌓인 탄피, 몇 발 남지 않은 탄알집이 보였는데, 그게 참 죽어버린 선임과 몇 안 남아있는 경계병처럼 보였대. 아버지는 소리가 들리지 않아 움직일까 하다가도 무서워서 부서진 대나무 파편 안쪽을 빨아가며 약간의 갈증을 해소하며 버티셨지. 마을은 불타버렸고, 떠 있던 해가 다시 저문 뒤 정말 주변에서 아무 소리가 들리지 않을 때, 간신히 살아남은 부대원을 모아 함께 이전 진지로 복귀하셨어. 선임들의 온몸에 총알이 박히는 참혹한 모습과 그들이 술만 안 마셨더라면, 아니 마을 사람들이 술만 안 줬다면, 우리는 아무도 죽이지 않았는데, 그들은 왜 모두를 죽이는 것을 선택해가지고, 뒤돌아 쏜 총알이 아군을 죽이지 않았겠지 등의 자책이 머릿속으로 쏟아지는 것을 막지 못하고 아버지는 전역하셨어. 믿고 따라갔던 선임은 그 자리에서 죽었는데 손톱 하나 찾아볼 수 없었지.

전역하고 한국으로 돌아와 어머니를 만나고 나를 낳으셨어. 그런데 내가 자라고 늙을 40년 동안 이 이야기를 안 해준 거야. 나는 성인이 되면 아버지랑 술 한잔하고 싶었는데, 전혀 그럴 수 없었어. 단순히 술을 마시는 것에서 그치는 것이 아니라 조금 아버지와 가까워지고 싶은 마음이었어. 하지만 술과 관련된 아버지의 이야기를 모르는 나는 반항하기 시작했지. 이 이야기를 할 수 없는 아버지는 더 입을 닫고 단단해지셨어. 술 먹고 오는 나를 때리기도 했지. 언제 술이 너를 죽일지 모른다고 하면서. 맞은 나는 방황의 끝을 술집에서 일하는 것으로 시작했어. 세상에 있는 모든 술을 먹어 보는 것뿐만 아니라, 아버지가 싫어한 술을 나는 사랑할 것이라고 시기 어린 질투심을 잔뜩 품은 채로 말이야. 왜 같이 싫어할 수 없었을까? 술이 주는 게 그저 잠깐 취하면서 느낄 수 있는 행복감이 크게 부풀려지는 것뿐이잖아. 가진 행복은 여전할 텐데. 게다가 부푼 행복이 술이 깨면서 쪼그라진 것처럼 보이면 얼마나 초라해. 하룻밤같이 술을 마시고 도원결의처럼 평생을 함께하자는 사람과도 다음 날이 되면 인사하기 조금 어색한 사이가 될 때가 많은데, 뭐 그리 술이 좋다고 마시러 다니고 팔고 그랬는지 모르겠다. 내가 늘 마티니를 마시는 건 너도 알고 있지? 아버지가 술을 원망하고 벌벌 떨며 숨어있을 때, 그때 부서진 대나무에서 흐르는 향이 마티니에서 나는 향과 비슷한 것 같아서 마셔. 잔 속에 빠져있는 올리브가 웅크린 자세 같다니까. 다 마시고 남은 올리브의 맛은 파편처럼 입안에 박혀 고스란히 남지. 아무리 우적우적 올리브를 씹고 삼켜도, 맛과 향은 익숙해지지 않더라. 토마토케첩 같기도 한데 입을 닫고 코로 숨을 내쉬면 목에 파스를 붙여 놓은 것 같기도 해. 나는 이렇게 아버지를 생각하는 거야. 나를 원망하고 이해해주지 않던 아버지가 원망스러웠는데, 이젠 이해를 바라던 내가 원망스럽다."

아저씨의 눈에서 힘이 많이 빠졌다. 이야기 중간에 눈 아래가 떨리는 것도 보였다. 이야기를 마친 아저씨는 새로 주문한 맥주잔 옆에 직원이 거두어가지 않은 마티니 잔허리를 엄지로 쓰다듬었다. 빈 잔에는 마티니 향도 올리브도 남지 않았다. 아저씨는 손을 뻗어 팝콘을 한 움큼 집었다. 그리고 입을 크게 벌려 팝콘을 욱여넣었다. 손에 묻은 팝콘 가루를 손뼉을 치듯 털어냈다. 입 주위에는 입으로 들어가지 못한 팝콘 껍질이 붙어 있다. 아저씨의 이야기가 끝나자 나는 양해를 구한 뒤 화장실을 다녀

왔다. 손을 닦으며 거울을 보니 얼굴에 붉은 기운이 서리기 시작했다. 자리로 돌아오니 아저씨는 핸드폰을 보고 있었다.

20:40

"아저씨 아들은 요즘 어때요? 공부 좀 해요?"

아저씨 아들은 20대 초반으로 나와 얼마 차이 나지 않는다. 학교에 다니다가 입대를 위해 잠시 휴학했는데, 입대 날짜가 쉽게 잡히지 않아서 일단 쉬고 있다. 다만 말 그대로 정말 쉬고만 있다.

"공부는 무슨, 여전히 술 마시고 놀러 다니지. 그러라고 했는데, 또 자식 바라보는 부모의 눈은 그걸 가만두기 어렵다. 아버지가 나한테 술 마시지 말라고 그렇게 강하게 이야기했던 것이 싫어서 뭐 하나 강요하지 않고 키웠어. 하고 싶은 것은 할 수 있게 여건을 최대한 만들어 주었지. 그게 부모 노릇이라고 생각했으니까. 물론 예의 없는 것은 절대 용납 못 했고, 그런데 참 이게 또 맞는 일인가 싶다. 잘 크긴 잘 컸어. 생각할 줄 알고 예의도 이만하면 괜찮아. 성인이 된 애한테 내가 꾸지람할 것은 없단 말이지. 그런데 답답해. 하고 싶은 것들을 여러 방면으로 많이 하는데, 아직 어떤 일이든 할 수 있을 거란 자신감에 차 있어. 나의 지원이 영원하기 어려울 것을 얘도 알 것 같은데 굳이 의식하는 것 같진 않더라고. 나도 일부러 모르는 척하듯, 그 아이도 일부러 모르는 척하는 것 같아. 나보다 애 빨리 키운 친구들은 포기하면 편하다고 하는데, 예전에 술자리에서 푸념하던 것이 나와 별반 다르지 않으면서 무슨. 물론 그때의 걔들과 지금의 내가 별반 다르지 않으면, 결국 나도 '그때는 조금 내려놓고 편하게 마음을 먹을걸.'이라는 생각을 하겠지. 그런데 지금은 그러지 못해서 서로 소모만 하는 눈치 게임 같아."

"어차피 곧 있으면 군대도 다녀올 것이고, 아직 어린 학생인데 너무 많은 기대를 하시는 거 아니에요?"

"네 말이 무슨 말인지 알고 이해도 하는데, 내가 처음에 말했잖아. 자식 바라보는 부모 눈은 그렇게 안 된다는 거. 이것저것 강요하지 않고 자유롭게 키우려 했는데, 이게 또 너무 지나쳐서 얘가 의지나 끈기가 부족하지 않을까 하는 고민과 푸념이지. 모든 일에는 모순과 장단점이 있어. 이 나이 정도 먹으면 알아. 세월과 사회가 대충 이해하라고 가르치더라. 그런데 자식 일에는 그러기가 쉽지 않네. 자식 일에 정답이 없는 것도 알지. 근데 정답이 없으면 가장 좋아 보이는 것이 정답 같잖아. 겉만 번지르르하고 속은 비어있다 하더라도 말이야. 부모란 참 어려워. 뛰어난 사람은 뛰어난 사람인데, 왜 내 자식이 저만큼 뛰어나지 못할까 하는 쓸데없는 고민으로 잘 시간에 자지 않고 생각한다? 그러다 보면 어느새 자식에게 뭘 강요해. 그런데 내가 겪은 강요를 자식에게 하기 싫어서 앞뒤 맞지 않고 영향력도 없는 어설픈 잔소리가 나가지. 이유는 없고 멋만 있어 보이는 말들 있잖아. 뭔 소리인지 이해하지? 부모 자식 관계가 위로도 어렵지만, 아래로는 더 어려운 것 같다. 우리 아버지도 그랬겠지. 내가 별 시답잖은 소리를 하는 것 같은데, 굳이 이해하고 담아가려 하지 마. 나도 이런 이야기를 너한테 왜 하는지 모르겠다. 그동안 재미있는 이야기 많이 나누었는데, 오늘은 이상하게 부담 주는 것 같기도 하고. 술 많이 마셨어? 얼마 안 마셨으면 아저씨가 오랜만에 한 잔 사줄게."

아저씨는 곧장 마티니 두 잔을 주문했다. 사장님 옆에 있던 직원은 셰이커와 잔에 얼음을 담았다. 열전도율이 높은 셰이커는 곧바로 허연 태를 둘렀다. 계량하지 않은 양의 진을 담고, 마티니라고 적혀있는 녹색병 안에 담겨 있는 술을 첨가해 셰이커를 닫았다. 계량하지 않았지만 차가워진 두 잔을 골고루 가득 채웠다. 비율이 어찌되어도 잔에는 고루 담겨있으니 괜찮다. 셰이커 안에 얼마나 많은 술이 남아 있을지 모르지만, 결국 내어주는 잔에는 가득 담겼으니 괜찮다. 직원은 크기가 다른 올리브를 올려서 우리 앞에 조심스럽게 잔을 내려놓았다. 올리브가 내려놓는 진동에 움찔거렸다.

20:55

잔은 생각보다 가벼웠다. 반투명한 액체가 담겨 있는 잔을 우리는 쏟을까 봐 부딪치지 않고 고개를 숙여 마셨다. 아저씨는 빠르게 들이킨 뒤 다음에 보자는 말과 함께 자리에서 일어났다. 잔에는 올리브가 남아 있다. 나는 꽤 시간을 두고 마티니를 마셨다. 떫고 쌉싸름한 맛은 가차 없이 입안을 괴롭혔다. 맛보다 향에 집중하려고 노력했다. 입에 머금고 있다가 삼켜 보기도 했고, 마시고 난 뒤 코로 숨을 뱉기도 했다. 마시지 않고 코로 잔을 들이켜려고도 했다. 부서진 대나무 살냄새를 맡아본 적은 없어서 이게 대나무 향인지 잘 모르겠다. 그저 올리브색 향이 났다.

21:22

　마티니를 오랜 시간 마셨지만 잔이 작기 때문에 꽤 빠르게 비워졌다. 결국 내 입으로 다시 들어오는 것은 맥주다. 주문한 맥주는 마티니 잔과 비교될 정도로 커다란 잔에 담겨 나왔다. 술을 어느 정도 마신 상황이기 때문에 천천히 마시려고 한다. 애초에 술을 어느 정도 마신 상황이면 그만 마셔야 하지만, 이미 술을 마셔버린 상태이기 때문에 거기까지 생각이 미치지 않는다.

　맥주 안주로 땅콩을 참 좋아한다. 소금에 절인 것보다는 살짝 볶아서 쉽게 얇은 껍질을 깔 수 있는 상태. 접시 위에서 땅콩을 집은 상태로 손가락에 힘을 주어 껍질을 깐다. 살짝 비틀면 깔끔하게 벗겨진다. 아직 까지 않은 땅콩과 입으로 들어가지 못할 껍질이 함께 접시에 담겨 있을 때 수북한 느낌이 괜히 기분 좋다. 손끝으로 휘저으며 다음 땅콩을 찾아내는 그 순간의 촉감이 부드럽고 야릇하다. 일부러 땅콩을 다 먹었음에도 다시 주문하지 않고 바스락거릴 때도 있다.

저녁 먹은 사람들이 가게에 모일 시간이 되어서 그런지 점차 소란스러워졌다. 재즈와 올드팝이 나오던 화면은 아직 여전하다. 재즈는 지루하고 올드팝은 말 그대로 올드하다. 대체로 올드팝이 많이 나오는데, 노랫말이 모두 영어여서 알아듣지 못하다. 게다가 당시에는 유명한 가수일지 몰라도 나는 모르는 사람이다. 홀로 있는 내게 노래는 백색 소음이 되어준다. 자세를 고쳐앉고 어깨를 풀어주며 어느새 들어온 사람들의 얼굴을 하나씩 훑어본다. 여전히 그녀는 물이 흥건한 잔과 함께 그 자리에 있다. 맞은편에는 누가 온 흔적과 그 흔적을 남기고 나간 흔적이 보였다.

맥주를 조금 마시며 엉켜있는 이어폰 선을 풀었다. 한 모금 마셨지만 역시 여전히 잔에는 맥주가 가득 남아있다. 주머니 속에 구겨 넣은 이어폰은 항의라도 하는지 스스로 목을 여러 차례 감아버렸다. 정리되어 주머니에 들어가는 것이 하나의 꿈인 것 마냥. 실리콘 고무 캡까지 벗어버려 극에 달한 불편함을 초래한 이어폰은 우여곡절 끝에 귀에 꽂혔다. 노래가 재생되었다가 끊어지기를 반복했다. 선을 살짝 움직이며 노래가 끊기지 않는 지점을 찾아냈다. 오래전부터 즐겨듣던 노래를 찾아서 재생했다. 주변 소음이 잦아든다.

21:34

혼자 맥주를 마시며 이어폰을 귀에 꽂고 허공을 바라보는 모습은 청승맞다. 눈빛이라도 우수에 적셔 놓은 상태라면 누가 몰래 술안주 하나 보내줄 것 같다. 그런 적은 전혀 없었지만. 아, 오래전 지금처럼 학교가 끝나고 집에 오는 길에 홀로 소주를 마신 적이 있다. 이렇게까지 이야기하는 이유는 장소가 달라서인데, 그곳은 국밥집이었다. 서울에서 수원으로 내려오기 전 이미 술에 취한 상태였다. 간신히 내려야 하는 곳에서 내렸는데, 알고 보니 잘못된 곳에서 내렸다. 한 정거장 먼저 내려버렸다. 한 정거장이야 술도 좀 깰 겸 천천히 걸어가도 좋겠다는 생각으로 길을 걸었다. 걸어가는 길에 문을 닫지 않은 국밥집이 보였다. 국밥집으로 가려면 굳이 횡단보도를 건너야 한다. 들어갔다가 집으로 가려면 건넜던 횡단보도를 되돌아와서 집에 가야 한다. 술을 조금 마신 날에는 따뜻한 국물을 뱃속에 담아놓고 자야 다음날 속이 편하다. 순대국밥과 소주 한 병을 주문했다. 찬바람을 조금 맞은 덕분인지 술이 잠깐 깼다고 그새 술을 시켰다. 음식을 가져다주시는 아주머니는 내가 들어와 주문하기 전까지 재미없는 드라마를 틀어놓고 졸고 있었다. 나의 주문에 기지개를 켜며 내역을 퉁명스럽게 되물었다. 무심하게 물과 종이컵, 이른 시간 준비된 것처럼 말라버린 김치와 생양파, 쌈장이 담긴 접시를 턱 소리 내며 놓았다. 시간이 시간인지라 한산했지만, 시간을 다시 생각해 보았을 때 가게 안에는 사람이 많이 있었다. 얼굴이 벌게져 목소리가 큰 아저씨들이 앉아 있는 곳은 무정부 상태처럼 보인다. 넷이 앉아 있는데 둘은 앉은 채로 잠이 든 것 같다. 나열된 소주병의 규모를 보아하니 앉아서 잠든 것이 이해된다. 여전히 눈을 부릅뜨고 목소리를 높이며 살아있는 두 사람은 무정부 상태 같은 테이블 위에서 정치 이야기를 했다. 벌게진 얼굴과 배추 이파리같이 주름진 손등. 같은 모양의 잔이 서로 앞에 두 개 있는데, 하나는 술이고 하나는 물인가 보다. 그 누구도 기억 속에 담아가고 싶은 것이 없는 듯했다. 텔레비전 채널을 돌리듯 다른 테이블을 보았다. 이 시간 국밥집에는 다들 소주와 국물 그리고 넘어가지 않는 무언가를 삼킨다.

차가운 소주와 뜨거운 국밥이 올려졌다. 작은 접시에 순대와 간이 조금 썰어져 나왔다. 의문을 가진 표정으로 아주머니를 바라보자, 주방에서 누가 고개를 내밀고 소리친다.

"거기 말고 그 뒤에 청년 거야."

아주머니는 이미 내 테이블 위에 올려놓고 손을 뗀 접시를 다시 쥐어 원래 주인에게 가져다주었다. 청년이 풍기는 분위기는 삶과 거리가 꽤 멀어 보였다. 초점 없이 국물을 떠먹다가 불규칙한 알람이라도 맞춰 놓은 듯이 빈 잔에 술을 따라 마셨다. 왼손으로 병을 들어 잔에 따르고 왼손으로 잔을 집어 마셨다. 병 주둥이에는 힘이 전혀 실리지 않았다. 나와 주문한 것은 같지만 음식에 다른 덤이 올라간 이유는 왼손으로 술을 따라 마셔서 그랬을까. 눈썹 위로 시선을 올릴 수 없는 눈 때문에 그랬을까. 덤이 테이블에 올라왔을 때도 그는 잠깐 고개를 꾸벅이고 멀어지는 아주머니의 발목에 시선을 초점 없이 붙여놓았다. 아주머니도 그의 얼굴을 보지 못했을 거다. 피가 튄 듯 벌게진 얼굴을 한 채 술과 전쟁하고 있는 아저씨들은 차차 소리가 줄어들었다. 청년은 소주를 한 병 더 주문했지만, 국물이 모자랐는지 반도 마시지 않고 여전히 어두운 얼굴로 일어났다. 다행히 아주머니의 키가 청년보다 크거나, 계산대의 위치가 비정상적으로 높지 않았다. 계산하기 위해 한 계단 올라간 아주머니는 청년보다 약간 아래 있었다. 덕분에 청년은 늘어진 고개를 올릴 필요가 없었다. 나 또한 주문한 소주를 제대로 마시지 못했다. 학교 앞에서 소주 마실 때는 참 달았는데, 이게 시간이 지나고 다시 먹으니까 혀가 곪듯이 술이 떫어졌다. 4,000원이 아까워 객기로 두어 잔 더 마셨으나 더 마시면 실수할 것 같아서….

"혹시 이야기 좀 할 수 있을까요?"

21:49

　노래로 귀를 가리고 생각에 빠져 있던 나의 등을 누가 툭 건드리며 말을 걸었다. 뒤돌아서 그 사람을 바라보자 이어폰은 찰나를 놓치지 않고 노래를 끊었다. 나는 이어폰을 귀에서 빼며 다시 물었고, 그 사람은 같이 한잔하자고 했다. 노래를 들으며 초점 없이 생각에 빠져 있다 보니 옆에 누가 앉아 있었는지 인지하지도 못했다. 내게서 두 칸 떨어진 의자에 누군가 앉았다 일어난 자국이 묻어 있다. 그 사람이 앉아 있던 자리에는 금테가 둘러싸인 양주가 놓여 있었고, 잔 크기에 비해 많이 큰 통 안에는 집게가 걸려 있다. 말을 건 사람은 어느 정도 술기운이 올라와 있는지 양 볼에 불그스름한 기운이 서려 있다.

"무슨 생각을 하고 있는지 참 궁금했어요."

어느 청년에게 빼앗긴 것 같은 순대 이야기를 할 수 없어서 그냥 별다른 생각 없이 노래를 듣고 있었다고 말했다. 갑작스러운 대화였지만 서로 쉽게 풀어나가려는 의도가 보인다.

"혹시 바쁘지 않으면 내가 그쪽의 시간을 사도 괜찮을까요? 값은 저기 저 술을 같이 나눠 마시는 것으로 하는 거 어때요?"

시간을 산다. 대가는 술. 그 사람은 내게 술을 대접해서라도 시간을 사고 싶은 이유가 있었을까. 시간을 산다는 것이 이질적이고 낭만스러웠다. 무료한 소음 속에서 서로의 목소리에 안에 집중하며 있어 보자는 것 같았다.

21:53

낯선 사람과 대화는 늘 즐겁다. 아슬아슬한 친함과 낯선 사이의 간격이 재미있다. 나는 자리를 오른쪽으로 한 칸 옮겨 앉았고, 사장님은 벌써 잔을 따로 준비해 주었다. 매끈한 온더록스 잔이 종이 받침 없이 테이블 위 유리에 올려졌다. 그 사람은 잔을 집어 얼음을 하나씩 넣고, 금테 두른 양주를 따라 주었다.

"마음껏 마셔도 괜찮아요. 다만 술이 조금 독하니까 그러지 않는 게 좋을 거예요."

나는 말 없이 웃으며 대답하고, 우리는 잔을 부딪쳤다. 독하다 했으니 호흡을 잘 조절해야 했다. 독한 술은 알코올이 목을 타고 내려갈 때 기도를 간지럽히는 경우가 있다. 당황하면 기침이 나온다. 입에 술을 살짝 넣고, 혀의 앞부분을 말아 입천장에 붙였다가 이 사이로 쓸어내리며 술을 넘겼다. 올라오는 숨은 코로 뱉었다. 추운 겨울 갓 밭을 갈고 나온 소처럼 코에서 김을 뿜어내는 것 같다. 정신을 느슨하게 부여잡고 이야기를 시작했다.

"여기에 자주 오세요?"

"지나가다 가끔 들리긴 했어요. 분위기가 그냥 지나칠 수 없는 공간이잖아요? 그냥 이런 거 하나 잡아두고 한 잔씩 마시고 가는 거죠. 한 잔만 마시고 간 것을 생각해 보면 자주 오는 것 같기도 하네요. 그쪽도 꽤 자주 오는 것 같던데 맞죠?"

"저는 자주 오는 편이죠. 별일 없으면 항상 오는 것 같아요. 때론 와야 하는 이유도 있고요. 그래서 혼자 오게 되더라고요. 그런데 제가 자주오는 것을 어떻게 알게 되었나요?"

"여기 바에 앉으면 뒤를 돌아보기 참 어렵지 않나요? 눈앞에 화면도 있고, 주문할 때도 고개를 들어 종업원을 찾을 필요 없이 그저 이야기하면 되잖아요. 매번 저는 그쪽의 그런 뒷모습을 몰래 훔쳐보았어요. 저기 구석에 작은 테이블 하나 있죠? 저기가 줄곧 내 자리가 되어주었어요. 저 자리에서는 고개를 돌리지 않아도 이곳이 참 잘 보이거든요. 그래서 그쪽이 혼자 와서 가만히 앉아

있다가 뒤에 오는 사람들과 이야기하고 가는 것을 자주 봤어요. 어려 보이는 얼굴이랑 주기적으로 오지 않는 날이 비슷한 것을 보면 학생인 것 같은데, 동호회 사람들이에요?"

"아니요. 다들 술로 값을 지불하지 않았지만, 시간을 산 것처럼 그분들도 이곳에서 처음 만나고 이야기를 이어가는 사이에요. 이곳 외에는 따로 만나지 않아요. 사실 대체로 이름이랑 나이도 모르죠. 그리고 서로 그런 것을 물어보지 않아요. 특히 나이나 직업 이런 것을 의도적으로 물어보지 않아요. 그런 것을 이야기하는 순간 위치가 정해져 버리더라고요. 그럼 서로 신경 쓸 것이 많아져요. 편하게 시간을 보내려고 온 공간에서 굳이 위아래를 나누고 서로 감정 없는 예의를 더하고 싶진 않잖아요. 이런 것을 이해한 분들이 저를 좋아하죠. 혼자 쓸쓸하게 술 마시러 왔는데, 같이 놀아주는 어린 친구가 하나 있으니까요. 저도 이해해주고 편해지니까 대화에 부담이 적죠."

이야기하는 동안 그녀는 내 눈을 몇 번 마주치지 않았다. 그녀는 가끔 어느 단어에 반응하듯 눈을 마주쳤고 이내 쓰다듬고 있는 작은 잔을 바라보았다. 오른손 엄지와 중지로 잔 밑을 잡고 검지를 중간에 올린 채 엄지손가락으로 잔을 밀어내듯 돌렸다. 마찰로 인해 잔의 회전 방향에 따라 말리던 검지가 한계점까지 말리면 그것을 펴기 위해 손가락들이 잠깐 뒤틀렸고, 유리잔과 유리 테이블이 부딪치며 날카로운 소리를 튕겼다. 내가 말을 이어나갔다.

"그나저나 평소 앉던 자리에서 이곳으로 옮긴 이유가 혹시 있을까요? 제 시간을 사야 하는 만큼의 이야기가 있을 것 같은데."

"그래요. 오늘 딸이 결혼했어요. 아마도?"

"오늘은 주말이나 금요일이 아니잖아요. 결혼을 작은 규모로 하더라도 아마도라는 단어는 이어질 단어가 아닌 것 같은데 제가 너무 깊이 상상하기 전에 미리 이야기해 줄 수 있나요?"

"걱정하지 말아요. 둘 다 죽지 않았어요. 다만 곁에 죽은 사람이 많죠."

22:01

　그녀는 손가락으로 잔을 돌리던 것을 멈추고 녹은 얼음들 사이에 새 얼음을 두 개 집어넣었다. 그리고 살짝 잔을 흔들어서 술을 얼음에 적신 뒤 마셨다. 입술을 밟고 넘어가는 술이 유리잔 굴곡 너머로 일그러져 보였다. 목에 그려진 퍼런 핏줄이 꿈틀거렸다. 핏줄 위에 코를 가져다 대면 여러 꽃을 섞어 만든 향이 날 것만 같다. 잔을 내려놓고 그녀는 눈을 감았다. 입속에서 머뭇거리던 술을 목 뒤로 넘긴 뒤 침을 한번 삼키고 그녀는 눈을 떴다.

　"우리 딸아이의 아빠는 오래전에 죽었어요. 그냥 회사에 다니는 사람이었는데, 회사에 다니면서 정해진 시간 안에 할 수 없는 일을 정해진 시간 안에 하지 못했다고 스트레스받는 사람이었어요. 직장 생활 하는 사람 중에는 본인 잘못이 아닌데 스트레스로 받아들이고 책임지며 문제를 해결해야 할 때가 있죠. 제 남편도 자주 그랬어요. 그러나 딸아이 앞에서는 늘 웃었어요. 갓난아기 때부터 아이가 걷고, 옹알이할 때까지 아이 아빠는 힘들어도 웃었죠. 딸아이를 너무 좋아하는 것이 한편으로 질투나긴 했지만, 그래도 내가 배불러 낳은 아이를 이렇게 사랑해주는 아빠가 있다는 것에 행복했죠. 아이를 사랑하는 모습이 나를 사랑해주는 모습이라고 생각하면 웃지 않을 수 없다니까요. 그리고 물론 아이 아빠는 그만큼 나를 많이 사랑해 주었어요. 같이 있는 시간이 적고, 그 적은 시간마저도 아이에게 많은 비중을 할애했지만, 너무 행복했죠. 그런데 죽었어요."

목소리는 담담했다. 떨림은 전혀 없었다. 슬픔을 안고 다시 돌아보는 행복한 모습의 크기는 더 커 보일 텐데 그런 감정 소모 따위는 시간 아깝다는 듯하다. 그녀가 이야기하며 변한 것은 아까 잔에 넣은 얼음 두 개가 조금 작아진 것뿐이었다.

"전날 눈이 왔어요. 그렇게 펑펑 내리는 눈을 딸아이는 처음 보았을 거예요. 겨울을 세 번밖에 마주하지 않았으니까 그럴 기회도 적었고, 기억하기도 어려웠겠죠. 아이 아빠는 퇴근하고 집 앞에서 그날 타고 가지 않은 차 위에 쌓인 눈으로 눈사람을 만들어 가지고 왔어요. 아이는 참 신기하게 눈사람을 바라보았어요. 낮에 같이 나가서 만져보긴 했지만, 손으로 만져서 눈을 녹이는 게 전부였거든요. 그래도 그게 참 신이 났는지 이곳저곳 뛰어다니며 발자국을 만들었어요. 아이는 낮에 만졌던 부드러운 감촉 때문인지 눈사람을 안아보려고 하는 거예요. 따뜻하게 차가운 눈사람을 안아주려다 깜짝 놀라 뒤뚱거리며 뒷걸음치는 모습이 생각나네요. 아이 아빠가 귀여움에 웃다가 눈사람을 떨어뜨릴 뻔했어요. 잠깐 놀랐던 아이는 정확한 말로 표현은 못 해도 눈사람을 보며 방방 뛰고 소리를 질러댔죠. 양발을 번갈아 가며 동동 구르고 손뼉 치면서 웃었어요. 그때 입고 있던 내복은 아직도 가지고 있어요. 잠깐 더 만지고 놀게 하다가 아이가 잘 볼 수 있는 창틀에다 두었어요. 그래야 내일도 볼 수 있을 테니까. 아이는 창문에 바짝 앉아서 보다가 잠들었는데, 머리를 유리창에 쿵 부딪치더라고요. 소리가 꽤 커서 놀라며 달려 나왔지만 그대로 유리에 머리를 기대고 잠들었더군요. 낮에 너무 신나게 놀았는지 깨지도 않았어요. 아이 아빠가 그 상태로 들어서 방에다 뉘어 놓았죠. 어렸을 적에 눈이 많이 오면 저희 아빠가 바닥에 비료 포대를 깔고 그 위에 앉은 저를 끌어주던 기억이 떠올랐어요."

좁은 틈에서 층을 이루며 녹던 얼음 하나가 빈 곳으로 떨어져 소리를 냈다.

"간단하게 아이 아빠와 밥을 먹고 잤죠. 아이가 자주 뒤척여서 아이 아빠는 밖에서 자요. 편하게 자야 다음 날 회사에서 피곤해하거나 실수하지 않죠. 여느 날처럼 우리는 밤을 보내고 아침이 왔어요. 아이가 전날 추위에 많이 떨어서 그런지 뒤척이던 거와 다르게 아침에는 곤히 자더라고요. 우리도 추운 날 밖에 오랫동안 서 있으면 다음 날 유난히 더 피곤하잖아요? 아이 아빠는 그렇게 잠들어 있는 딸을 보고 웃음 지은 뒤 출근했어요. 그리고 아침에 바로 사고가 났죠. 전날 많이 내린 눈이 얼어있었고, 모두가 조심히 운전하고 있었을 때에요. 아이 아빠도 자가용은 위험할 것 같아서 대중교통을 이용하려 했죠. 그런데 그런 날은 나만 조심한다고 확실한 안전이 보장되는 날이 아니잖아요. 누군가는 속도를 내다가 미끄러졌고, 미끄러짐은 간신히 균형을 유지하던 도로에 혼란을 초래했죠. 혼란의 시작은 삶의 마감으로 이어졌어요. 아이 아빠는 그 자리에서 죽었어요. 처음에는 눈물도 안 나요. 거짓말이라고 한참을 생각해요. 장난도 이런 장난은 없겠다. 이러면서 말이죠. 그런데 상복을 입고 향냄새가 코를 찌르면 그게 자극이라도 한 듯 슬픔이 몰려와요. 슬픔뿐이겠어요. 아이를 데리고 어떻게 살아갈지 막막한 두려움. 세 살짜리 아이가 커서 아빠에 관해 물어보면 어떻게 답해줘야 할지 싶었죠."

그녀의 목소리는 변함없었다. 잔을 쥐고 있는 손가락이 조금 더 유리에 밀착되는 게 매끄러운 표면을 통해 드러났다.

22:28

"산 사람은 살아야 한다. 이 말을 알죠? 겪어보니까 살아있는 사람은 살지 않아도 결국 살아지게 되더라고요. 살지 않으려 노력해도 어느 순간 살아지죠. 특히 내게는 어린아이가 있잖아요. 어린아이를 앞에 두고 며칠 동안 울고만 있을 수는 없었어요. 며칠 울다 보니 아이가 옆에 와서 같은 곳을 보며 나란히 앉아 있더라고요. 옆에 앉아서 내 팔을 두 손으로 감싸고 볼을 기대어 있는데 눈에 생기가 없었어요. 며칠 전만 하더라도 눈사람을 보며 방방 뛰던 아이였는데 전혀 다른 아이처럼 보였어요. 단 며칠 만에 바뀌었어요. 처음에는 아빠를 찾던 아이가 이제는 찾지 않기 시작했죠. 옆에 앉은 아이의 겨드랑이에

양손을 넣고 팔을 당겨서 들었어요. 눈을 마주치며 무릎에 잠깐 앉혀놓았다가 미끄럼틀 타듯 내려오게 해서 꼭 안아주었어요. 그 순간 아이의 작은 웃음소리가 들렸어요. 그 소리를 듣고 조금 더 세게 안아주며 정수리에 코를 묻었는데 무너진 조각이 녹아내리는 느낌이 들더라고요. 머릿속에 모든 것들이 파괴되어 부서졌는데, 그 조각의 잔해물들이 녹아서 평평한 바닥이 되었어요. 다시 쌓아 올릴 수 있는 기반이 된 것이죠. 정말 살아지더라니까요. 그 뒤로 열심히 아이를 키웠는데 그 아이가 오늘 결혼했네요."

긴 이야기를 마친 그녀는 더 작아진 얼음 위에 새로운 얼음을 올리고 술을 따랐다. 작은 얼음은 새로운 술이 들어오자 더 작아졌다. 그녀는 술을 마셨고, 두 번째 모금에서 떠오른 작은 얼음을 입에 넣고 씹었다. 녹던 얼음이라 부서지기보단 주무르듯 이에 눌려 사라졌을 것이다. 나도 따라서 작은 모금을 목 뒤로 쓰게 넘겼다. 내가 마시는 것을 바라본 그녀는 깊은숨을 코로 길게 내쉬더니 나머지 죽음에 대한 이야기를 이어나갔다.

"아이가 결혼한 남자는 부모가 두 달 전에 죽었어요. 그것도 자동차 사고더라고요."

내신 숨의 길이에 비해 이어지는 말은 짧았다. 감정이 담겨있지 않은 말투가 오히려 겁이 났다. 절벽 위에서 낭떠러지를 사이에 두고 캐치볼을 하는 것 같다. 넘어오는 공을 어떻게 받아내야 할지 혼란스럽다. 절벽으로 공을 떨어뜨릴 것만 같다. 나는 놀란 것보다 더 놀란 표정과 몸짓으로 그녀를 바라보았다.

"하루에 교통사고 사망자가 얼마나 나온다고 아주 떠들썩했던 거 기억나요? 아마 오래되었던 것 같은데. 그때 이야기를 떠올려 보면 하루에 7명 내로 죽는데요. 365일 동안 매일 교통사고로 사람이 그만큼이나 죽어요. 지금은 얼마나 늘었는지 줄었는지는 모르겠어요. 그런데 우리 눈앞에서나 주변 사람들을 통해 접하기는 어렵잖아요. 특히 죽었다는 이야기는 거의 들리지 않죠. 그래서 그런 이야기가 전혀 와닿지 않죠. 저도 아이 아빠가 죽기 전에 그렇게 느꼈거든요? 그런데 겪고 보니까 교통사고로 정말 사람이 죽는다는 것을 알았죠. 그리고 아이 남자친구가 그런 일을 겪고 난 뒤로 통계가 거짓은 아니구나 싶었죠. 교통사고뿐만 아니라 단지 죽음만 놓고 보았을 때 매일 정말 많은 사람이 죽어요. 그걸 또 시간 단위로 쪼개보고 초 단위까지 들여다보면 많은 사람이 각기 다른 이유로 죽어요. 죽음은 생각보다 가까이에 있더라고요. 우리 삶이 참 위태로워 보이지 않나요? 아무튼 두 달 전에 부모를 잃은 친구 곁에 가서 많은 위로를 해주었어요. 가끔 지나가다 마주치거면 밥 한 번씩 먹긴 했는데,

별생각 없었어요. 아이가 만나는 남자라면 좋은 사람이겠지. 그렇지 않다면 내가 아이를 잘못 키운 거겠지 하며 커다란 관여를 하지 않았죠. 그런데 장례식장에서 많이 가까워졌어요. 물론 당시에는 이야기를 많이 하지 못했어요. 함께 울어주는 딸아이를 보며 심리적으로 많이 가까워졌죠. 조금 이상해도 넘어가요. 그로부터 아이랑 아이 남자친구랑 셋이서 밥도 먹고 커피도 마시고 하다가 어느 순간 우리 집으로 초대하고 자주 놀러 오게 했어요. 집에 있는 둘을 보는데 딸이 저를 닮아서 그런가, 아이 아빠랑 보내던 시간이 떠올랐어요. 그때 둘에게 제가 결혼하라 했죠. 둘은 터널과 같은 상황을 마주한 시기는 다르지만 같은 경험을 공유하며 살 것이고, 거기에서 오는 공감과 위로는 앞으로 살아갈 때 서로에게 큰 힘이 될 것이에요. 행복을 나누는 것이 순간을 함께 하는 데 큰 힘을 발휘한다면, 아픔을 공유하는 것은 오랜 시간 함께 할 수 있는 유대감을 만들어줘요. 그래서 결혼하라고 했어요. 그랬더니 며칠 지나서 도장 찍고 왔더라고요. 기특해서 저녁에 아주 비싼 음식점에 데려가서 둘 밥 먹이고 간단히 여행을 가라고 기차역으로 갔죠. 맛있게 밥을 먹었더니 갑자기 떠나라니, 어안이 벙벙했겠죠? 둘 다 어차피 시간이 비어있는 것을 잘 알고 있어서 가서 놀다 올 돈까지 쥐여주고 매표소로 끌고 갔어요. 꽤 멀리 가는 기차가

곧 도착하더라고요. 그 표까지 끊어주고 한 번씩 안아준 다음에 돌아왔어요. 지금 둘에게는 목적지보다 같이 떠난다는 것이 더 중요할 테니까. 저는 이렇게 시원섭섭하게 둘을 보내고 지금 술 한잔하러 왔어요."

 그녀는 나를 보고 웃으며 이야기를 마무리했다. 그리고 정면을 응시했다. 마지막 이야기는 사포를 쓰다듬듯 거친 것을 다정하게 어루만지는 것 같았다.

22:49

우리는 한동안 말을 더 잇지 않았다. 그녀는 사진첩을 넘기듯 잔을 비웠다. 비운 잔에는 다시 나의 시간 값이 채워졌다. 나도 말없이 조금씩 도수 높은 술에 익숙해지고 취해갔다. 머릿속으로 그녀의 이야기를 다시 들어보았다. 그녀는 과연 어떤 삶을 산 것일까. 남편이 죽고 난 이후부터 오늘까지 지내온 삶과, 아이가 결혼으로 곁을 떠나고 난 지금 이후의 삶은 과연 이어질까. 처음처럼 느껴질 혼자라는 시간. 그 시간을 나아가기 위해 돌을 밟아야 하는데, 혼자가 아니었다는 이유만으로 위태로운 디딤돌이 그녀의 삶을 여러 번 휘두를 것이다. 돌 사이에 끼어있어 튼튼하게 버텨주던 추억들은 갑작스럽게 터져 나와 여유로운 삶의 흐름을 혼란스럽게 만들 것이다. 그래도 어쩌겠나. 결국 살아야 갈 테지.

23:11

 갑자기 입을 연 그녀는 내게 남은 술을 주고 가려고 했다. 나는 지금 더 마셨다간 이후에 만나는 다른 이들과 대화가 불가능할 것 같아서 남은 술을 마다했다. 그녀는 내 이름과 연락처를 물어 자신의 명함 뒤에 적고 병에 걸어두었다. 그녀는 어두운 얼굴에서 빛이 나는 미소를 보이며 천천히 술집 밖으로 나갔다. 양 볼의 붉은 기운은 조금 연해졌다. 낮은 굽이 위태롭게 보이지 않았다. 어깨가 조금 내려간 그녀는 느릿하게 걸어 나갔다.

23:13

다시 혼자가 된 나는 술을 더 주문하지 않았다. 사이다 대신 탄산수 한 잔을 주문했다. 진토닉을 만들 때 들어가는 탄산수다. 처음 입에 탄산수를 넣으면 버거운 양의 거품이 입속에서 차오른다. 매번 당황한다. 다시 마시려고 하면 그제야 거품이 가라앉고 생각보다 적은 음료를 목 뒤로 넘긴다. 술에 취해서 탄산수가 달게 느껴졌다. 입이 벌어져 있어서 코로 숨 쉬는지 모르겠다. 벌어진 입에서 뜨거운 바람이 나온다. 코로 숨을 들이마시고 입으로 뱉는다. 입술에는 열이 있다. 다시 탄산수를 집어 들어 뚜껑을 열었지만 마시지 않았다. 어느새 눈을 감고 목을 돌리고 있다. 천천히 목을 돌리며 쏟아지는 피로를

덜었다. 눈을 오랜 시간 감고 있으니 그제야 눈이 건조했다는 것을 느낀다. 눈을 감고 눈알을 이리저리 굴려 보았다. 기름칠이 덜 되어 있는 것 같다. 보이는 것은 없지만 시야의 가장 오른쪽으로 눈을 돌리니 안구 왼쪽 뒤가 당겼다. 반대로 똑같이 해서 반대쪽도 당기게 했다. 눈에서 열이 조금 나며 각막이 촉촉해졌다. 열어둔 탄산수를 조금 마셨다.

입으로 음료를 마시고 다시 코로 호흡을 뱉었다. 취기가 살짝 가셨지만, 밖으로 잠깐 나가기로 한다. 오렌지 향이 나던 검은색 긴 머리 여자의 자리에는 이제 다른 사람으로 채워졌다. 가게 문 앞에는 흡연자를 위해 마련해 놓은 의자와 재떨이, 그리고 재떨이 안으로 들어가지 못한 꽁초들이 마지막 연기를 태우며 가장자리를 향해 마감하고 있다. 구석에 있는 의자에 앉아서 맞은편 차도를 바라보았다. 해가 진 지 오래되어서 날이 조금 차가웠다. 졸음과 취기를 내려놓기 위해 나왔으니 만족스러운 기온이다. 차도 건너에는 공원이 있다. 가운데 커다란 저수지가 있는데, 그 저수지에 있는 물고기들은 천적이 없어서 한도 끝도 없이 자란다. 한눈에 봐도 허벅지만 한 물고기들이 떼로 뭉쳐있다. 이질적으로 만들어 놓은 나무 다리에서 내려다보면 커다란 것들이 뻐끔뻐끔 입을 벌리고 있는데, 나무 발판 사이에 있는 모래를 긁듯이 차 버리면 먹을거리인 줄 알고 수십 마리가 뒤엉킨다. 마치 동면하러 모인 뱀이 엉키는 것 같다. 그 모습이 뭐가 재미있는지 몇 차례 하다 보면 이것들도 모래인 줄 알고 물결이 퍼지는 중앙으로 가다가 고개를 돌려 다른 곳으로 간다. 봄이 오고 날이 풀리면서 저수지에 바람 무늬가 생기면 물고기들은 산란한다. 저수지 가장자리에 가로로 누워 펄떡이는데 아마 산란할 터를 만드는 것이다. 물고기가 가로로 누워 펄떡이는 모습은 물결에 흔들리는 나뭇잎 같기도 하다. 그런 봄이 오면 저수지 테를 둘러 있는 산책로에 벚꽃이 만개한다. 분홍 노을 붙은 구름이 밤을 미처 따라가지 못하고 나무 위에 내려앉아서 쉬고 있는 것처럼 보인다. 꽃을 머금은 나무는 사람의 마음을 어리게 하고 미소짓게 한다. 수줍게 사진을 남기는 중년들이 청춘과 다를 바 없다. 저녁이 되면 풋풋한 이야기가 산책로를 따라 걷는다. 교복을 입고 집으로 가는 학생들, 자기관리를 위해 운동하는 청년들. 그중 으뜸은 아직 손을 잡지 못한 연인들의 이야기다. 나란히 걷고 있지만 거리가 꽤 가까운 두 사람. 서로 먼 쪽의 팔은 걸음에 맞추어 흔들리지만 가까운 팔은 행여 닿을세라 부자연스럽게 흔들린다. 공감할 수밖에 없는 서로의 과거와 공통점에 관한 대화를 나눈다. 자기 전에 '잘자'라는 두 글자로 짧게 마무리해놓고선 밤새 여운이 긴 설렘을 예약해두는 연인. 가장 풋풋하고 달콤한 이야기. 주책맞은 시선으로 지켜보고 싶은 순진한 연인의 이야기가 짓궂은 장난을 떠올리게 한다.

    저수지까지 가서 산책하고 온 정신이 다시 의자 위로 올라왔다. 멍하니 있는 중에 봄이 오려면 아직 멀었다는 듯이 차가운 바람이 불어왔다. 봄을 보기 위해서는 겨울을 버텨야 한다. 겨울을 버티기만 하면 봄은 온다. 팔을 비비며 자리에서 일어났다. 아직 마셔야 하는 술이 조금 남았고, 보내야 하는 시간도 많이 남았다.

23:56

　술로 시간 값을 지불한 그녀가 떠난 자리에는 아무것도 남아있지 않다. 애초에 그녀가 떠날 때 남기고 간 것은 빈 잔이었고, 그 잔 아래에 깔려있던 수증기의 집합마저도 단 한 번의 행주질에 훔쳐졌다. 자리를 찾아서 왼쪽으로 한 칸 옮기지 않았다. 같은 자리에서 몸을 풀고 세상에서 가장 소중한 음료처럼 탄산수를 마셨다. 덕분에 처음에 앉아 있던 자리는 공석이 되었고, 그 자리는 이제 다시 누군가로 인해 채워졌다. 바깥에 있던 의자에서 일어나 다시 들어올 때 열리는 문으로 말끔한 옷을 입은 사람이 나왔다. 들어가는 나와 나가는 그 사람은 스치듯 엇갈려 지나갔다. 그는 쇠 냄새가 났다. 도금되지 않은 철을 손으로 만졌을 때 나는 쇠 냄새가 그의 발걸음을 따라 그림자처럼 뚜렷한 경계선 없이 넘어왔다. 그는 뒷머리가 잘 정돈되어 있었고, 곱게 가르마를 나눈 머리가 정수리를 넘어 뒤에서 하나로 모였다. 중년의 남성이라고 하기에는 젊어 보이고, 청년이라고 하기에는 풍기는 분위기가 전혀 그렇지 않았다. 나는 맑아진 정신으로 다시 맥주를 하나 주문했고, 그가 머물렀던 자리에는 약간의 쇠 냄새와 반쯤 남은 맥주잔이 있었다. 나는 맥주잔을 쓰다듬듯 쥐고 천천히 마셨다. 팔꿈치를 바에 올려놓고, 입을 잔에 붙여 놓은 상태에서 아주 작게 입술을 벌리고 느리게 넘어오는 맥주를 여러 번에 나누어 삼켰다. 콧바람으로 인해 맥주잔 안에 김이 서렸다. 말끔한 그가 자리로 돌아왔다. 내가 처음에 앉았던 곳을 채웠다. 그가 앉으면서 핸드폰과 함께 올려둔 작은 철제 통이 눈에 띄었다. 작은 상자처럼 생겼는데, 위아래 면이 넓다. 높이는 그다지 높지 않다. 표면은 빛이 반사되지 않는 검은색이다. 아무것도 쓰여있지 않고 무늬도 따로 그려져 있지 않다. 그 통 안에 담긴 것은 의미 외에는 아무것도 없어 보인다. 꾹 눌러 닫았겠지만, 바 위에 거칠게 놓여서 통의 문이 살짝 열렸다. 작은 틈으로 보이는 것은 성냥뿐이다.

"담뱃갑이에요."

나의 시선을 의식한 그가 대답해 주었다.

"너무 얇다고 생각하셨죠?"

그의 말처럼 담뱃갑이라고 하기에는 너무 얇았다. 두 줄로 쌓기 어려워 보이는 크기이다.

"혹시 담배를 피우세요?"

그가 내게 물었고, 나는 고개를 저었다.

"저는 하루에 담배를 딱 두 개비 피워요. 매일 아침 저 통에 두 개비를 담고, 비어있는 자리에 성냥을 담아서 출근하죠."

담배는 새로운 욕구와 같아서, 절제가 어렵다. 정해지지 않은 흡연 욕구를 정해진 양 만큼만 해결하는 것을 보면 대단하다. 군대에서 한 달에 딱 한 개비를 태우던 동기가 있었다. 21개월 군 생활 중 훈련소 기간을 제외하고 나머지 20개월 동안 단 한 개비씩 나누어 피는 것이다. 매월 담배 피우는 날은 그의 전역일인 8일이었다. 그 날이 오면 아침점호시간에 맞추어 흡연했다. 고집스럽게 다른 사람의 유혹에 전혀 넘어가지 않으면서 꼭 8일 아침에 피웠다. 시간이 흘러 그가 부대 내 높은 위치에 있을 때, 매월 7일 마지막 경계 근무나 불침번 순번에 일부러 들어갔다. 근무의 마침은 아침 기상나팔이다. 그는 근무가 끝나면 몸을 감고 있던 군장을 내려놓은 뒤 뛰지 않고 천천히 흡연장으로 걸어 나갔다. 그의 흡연은 사뭇 경건했다. 꼭 앉아서 흡연했는데, 불을 붙이기 위해 숨을 들이마실 때는 눈을 감았다. 그리고 입을 열지 않고 코로 내쉬었다. 그리고 다시 잠깐 눈을 떴다가 침을 한 번 삼킨 뒤에 긴 호흡으로 남은 담배를 마저 피웠다. 그는 입대할 때만 하더라도 흡연자가 아니었다. 처음 자대에 배치되었을 때 선임이 권하는 한 개비를 피워보고 아찔한 어지러움을 느꼈다. 그리고 동반하는 기침. 맛없는 침이 새어 나오는데 차마 뱉지 못하는 것까지. 담배를 준 선임은 한참 웃었다고 한다. 동기는 아찔한 어지러움에 괜히 기분이 좋았다. 무릇 신병이 갖고 있어야 할 긴장을 그 순간만큼은 어지러움으로 내려놓을 수 있었다. 그렇게 그는 흡연을 시작했다.

시간은 흘렀다. 그는 전역일 아침 점호에 나오지 않았다. 나와 같이 전역을 위한 행정업무를 마무리하고, 위병소를 걸어 나왔다. 그리고 비흡연자인 내게 양해를 구하며 마지막 한 개비를 태울 준비를 했다. 20개월을 함께 지냈던 내게 너무도 정중했다. 그의 주머니에서 하얗게 규칙 없이 실금 간 담뱃갑은 어떤 회사의 물건이었는지 알 수 없었다. 그는 앉을만한 곳을 찾아서 앉은 뒤 눈을 감았다. 그리고 입술이 닿을 수 있는 곳까지 담배를 재로 만들었다. 마지막 호흡을 코로 뱉은 그는 무심히 불을 끄고, 20개월 동안 간신히 제 역할을 했던 담뱃갑에 마지막 꽁초와 라이터를 넣고 버렸다.

"하 씨발, 군 생활 끝났네."

우리는 같이 버스를 타고 지하철역에 갔다가 환승역에서 서로 안아주었다.

00:19

　쇠 냄새가 나던 그는 반쯤 열려있던 통을 열어서 하나 남은 성냥을 보여주었다. 통을 건네주는 오른손은 상처가 많았다. 원래 피부색이 무슨 색인지 알 수 없을 정도로 베인 상처와 꿰맨 자국이 자글자글했다. 넓은 침대를 뒹굴 듯 성냥은 제멋대로 누워 있었다. 그는 왼손으로 성냥을 집어서 내게 주었다. 성냥은 정말 평범했다. 성냥으로 불을 피우던 세대가 아니기 때문에 주변에서 쉽게 성냥을 보기 어렵다. 그러나 시골집에 내려가면 초를 켜기 위해 잔뜩 성냥을 담아 놓는 팔각 통이 있다. 거기에 담겨 있는 성냥과 별반 다르지 않았다. 이곳저곳을 살펴보고 만지다가 성냥을 부러뜨려 버렸다. 쇠 냄새가 나는 그의 얼굴을 그제야 바라보았다. 반듯한 인상이다.

"괜찮아요. 오늘 피워야 할 불은 다 피웠거든요."

내가 피워야 할 불이 있나. 피워야 하는 불의 수를 정해두지 않았었다.

"피워야 할 불이 뭐예요?"

"아까 이야기했던 담배요. 하루에 두 번 흡연하는데, 그때마다 불이 필요하죠. 두 번만 피우면 되니, 피워야 하는 불의 개수는 두 개뿐이에요. 그런데 담배에 불이 붙지 않을 수 있으니 예비로 딱 한 개만 더 들고 다녀요. 그게 그쪽이 부러뜨린 성냥이고요. 만약 내가 두 번째 흡연을 하지 않았더라면 당황했겠지만, 뭐 방금 나갔다 오면서 피우고 왔어요."

나는 괜히 부러뜨린 그의 성냥을 엄지손가락과 검지손가락 두 번째 마디로 문질렀다. 그는 왼손을 들어 다음 맥주를 주문했다. 손바닥이 거칠었다. 손가락 관절 마디마다 옹이와 같은 굳은살이 검게 피를 머금고 차례로 박혀있다. 손목이 굵다. 그는 앞에 올려지는 맥주잔을 왼손으로 잡았다. 과연 두꺼워 보이는 저 굳은살이 차가운 기운을 느낄 수 있을지 궁금했다. 왼손잡이인 그는 아무래도 왼손을 들어 맥주를 마시거나, 테이블 위에서 왼손으로 휴대폰을 사용하다 보니, 오른쪽에 앉아있는 나를 향해 어깨를 많이 열어두었다. 나는 호기심을 참지 못하고 물어보았다.

"혹시 운동하시는 분이세요?"

얼굴에 나 있는 주름에 비해 다부진 체격과 깔끔한 차림새, 단정한 머리, 왼손에 몰려 있지만, 손바닥에 잔뜩 담겨있는 굳은살들. 그래서 나는 트레이너라고 생각하고 질문했다. 쇠 냄새가 정말 운동기구에서 비롯된 것일 수도 있다.

"저는 고기 써는 일을 합니다."

그는 웃으며 맥주를 마시고 내 시선을 관찰했다.

"도살장에서 등분되어 나온 소랑 돼지를 정형하고 발골하죠. 그래서 고기 냄새와 피 냄새가 몸에서 날 수 있어요. 이 냄새는 어떤 용품을 사용해 씻어도 은근하게 남아 있더라고요. 작업하는 과정에서 피를 보는 일이 거의 없는데, 이상하게 제게는 조금 더 많이 풍기더라고요. 이렇게 풍기는 체취가 누군가에게 불쾌할 수 있어서 향수로 가릴 수 있을 만큼 가려보고 용모도 단정하게 하고 다니려 해요. 담배를 두 개비만 피우는 것은 같은 이유 중 하나예요. 몸에서 냄새가 나는데 담배 냄새까지 더하면 주변 사람들이 얼마나 고역이겠어요. 몸을 생각할 나이이기도 하고 사람들에게 불편함을 끼치는 것을 좋아하지 않는 성격이다 보니 이렇게 되었어요. 아까 멈칫하던데 느꼈죠? 제게 다른 냄새가 나는 것을. 코가 예민하신 것 같네요."

도저히 납득할 수 없는 외모다. 무릇 직업마다 생겨야 하는 얼굴이 있는 것은 아니지만, 그의 이야기를 들으면 무언가 굉장히 어긋나는 듯했다. 편견이 빚어낸 색안경. 그의 이야기를 듣고 다시 그가 맥주잔을 잡았다 놓은 손을 관찰했다. 굳은살은 엄지와 검지 사이에서 시작해 손바닥을 지나 새끼손가락 뿌리로 이어져 있다. 이는 칼자루를 얹기 위한 모루다. 단단하게 칼자루를 받쳐줘야 날이 잘못된 곳으로 이탈하지 않고, 놓쳐서 발생하는 끔찍한 사고를 막아줄 수 있다. 왼손잡이인 그의 왼손에는 칼을 잡기 위한 굳은살이 감정 없이 박여있고, 오른손 등에는 잘못 이탈한 수많은 칼자국이 남은 것이다. 칼자국은 손등에만 국한된 것이 아니라 소매로 가려진 팔뚝, 배, 다리 등 어디든 있을 것이다.

"어떻게 그 일을 시작하게 되었나요?"

그는 대답하지 않고 맥주를 마셨다. 나를 바라보지 않았다. 한 번 더 맥주를 마신 뒤에 간신히 나를 보며 이야기를 꺼냈다.

"수의사였는데, 일부러 동물을 죽였어요. 살려야 하는 동물을 죽였어요. 내 의지로."

00:30

그가 이야기하기 전에 가진 공백은 불쾌함이 아니라 머뭇거림이었다. 머뭇거림은 과거 본인을 생각하는 반성일 테지. 나는 적당히 대답할 단어를 찾지 못했다. 그냥 놀란 눈으로 그의 눈을 바라보았을 뿐이다. 그는 나에게 보내던 시선을 거두어 다시 앞을 바라보고 이야기를 시작했다.

"수의사가 요즘처럼 대우받고 사람들에게 많이 필요해진 건 얼마 안 되었어요. 내가 90년대 초 수의학과를 졸업할 당시에는 사람이 키우는 강아지를 애완견이라 불렀어요. 애완이라는 단어에 완은 장난하다, 놀이하다로 사람하고 같이 노는 것으로 말할 수도 있지만, 다른 뜻은 장난감이죠. 당시에는 같이 노는 것이 아니라 밥을 주면 성장하는 장난감으로 강아지를 취급하는 사람이 적지 않았죠. 재미없어지면 버리고. 그래서 반려보다 애완이 어울렸던 시대죠. 강아지가 물건처럼 취급되어 훔쳐 가는 개장수도 많았어요.

이처럼 수의사는 반려동물을 치료하는 것보다 농가에서 소와 말 같은 가축을 진료하는 경우가 많았어요. 저 또한 그랬고요. 시골에 내려가면 농민들이 자기 자식 키우듯 키운 소와 세상의 모든 순수를 담아 놓은 눈을 가지고 갓 태어난 송아지의 진료를 맡겼죠. 얼마나 고맙게 여겨주던지. 당시 시골 인심은 어마어마했어요. 90년대부터 우리나라가 발전한다, 뭐다 해서 시골 인심은 다 죽었네 이랬지만, 결국 시골은 시골이거든. 평생을 그곳에서 살아온 사람들은 호의를 받으면 아낌없이 내어주어요. 부모에게 배운 것이지요. 측은지심이 들면 받은 호의가 없어도 먼저 베풀어주었고요. 시골 인심이 각박해졌다고 말하는 사람은 그냥 본인이 받을 이유가 없는 사람인데, 받지 못해서 삐져가지고 하는 말 같다니까. 아무튼 그렇게 몇 년 동안 가축들을 진료하다가 보니 어느새 강아지를 키우는 사람이 늘어나는 거예요. 정말 평생을 반려하려 키우는 경우도 있겠지만, 당시만 해도 정말 허세에 가득한 사람들이 많았어요. 특히 돈이 많은 사람들. 나 또

한 돈 많은 사람이 되기 위해서 시골 생활을 접고 상경해서 동물 병원을 개업했어요. 몇 년 동안은 가축과 같이 대동물을 다뤘지만, 학교에서도 배운 것도 있고 시골 특성상 집집마다 개가 얼마나 많겠어요. 특히 90년대인데. 개업하고 얼마 지나지 않아 쉽게 적응했죠. 능력도 나쁘지 않아서 동물 병원 운영이 어렵지 않았어요. 지금처럼 인터넷으로 정보를 얻을 수 있는 것도 아니라, 주인들이 조금만 반려견의 이상행동을 발견하면 병원으로 데리고 왔어요. 다른 행동일 뿐인데, 이상행동으로 느끼고 데리고 오는 경우가 많았죠. 그래서 나는 쉬웠지. 적당히 둘러보고 주워 먹은 게 있나, 잘못 먹인 게 있나 등 간단한 이야기를 주고받으면 견적이 나왔어요. 거기에 따른 주의사항만 조금 알려주면 끝. 덕분에 병원에서 몇 년을 쉽게 일했어요. 시간이 흐를수록 반려동물에 대한 인식이 생겼지만, 여전히 강아지는 애완견이었어요.

그런데 어느 날 의사가 자신의 개가 아프다고 하며 데리고 왔어요. 처음부터 의사인 줄은 몰랐죠. 커다란 골든 레트리버 암컷이었는데, 호흡을 제대로 못 했어요. 그런데 호흡만 못 하는 것이 아니라 손 닿는 것을 겁내는 듯했어요. 일단 엑스레이를 찍고 보았는데, 별다른 문제는 없었어요. 어떤 상황이나 충격에 놀란듯한 반응뿐이었죠. 호흡을 더 편하게 할 수 있도록 강아지를 눕혀서 목을 시작으로 마사지해 주었어요. 이상한 것은 손이 일정 범위 이상 배를 지나 뒷다리 쪽으로 가면 심하게 인상을 쓰며 이를 드러냈어요. 그냥 싫어하나 보다 싶었는데 주인도 거들더군요. 거기는 손대지 말라고. 그러면서 마사지하는 모습이 못마땅했는지 가축 고치는 것들은 약 쓸 줄 모르냐는 둥 비아냥거리기 시작했죠. 무시하면서 흘려듣고 있었는데, 그때 의사인가 싶은 느낌이 들더라고요. 가끔 본인이 의사라며 수의사를 무시하는 사람도 있어서 그냥 그런 사람인가 보구나 하고 무시했어요. 그런데 마사지를 계속하는데 강아지의 코가 약간 까져있고, 발톱도 부러져 있더라고요. 목 아래 털도 일부 빠져 있었고. 점차 이상하다는 생각이 들어서 더 자세히 보았죠. 지금이라면 분명 학대한 정황으로 인지하겠지만, 당시에는 교육하다가 조금 때렸구나 싶었죠. 여전히 복날에 개를 먹는 게 자연스러웠던 시기라 뭐, 이상하지만 문제라고 생각을 못 했어요. 그리고 계속 궁시렁거리는 의사를 빨리 내보내고 싶었어요. 그냥 얼마를 받고 보냈죠."

그는 노란빛 맥주를 쓰게 마셨다. 얼마 남지 않은 맥주가 탄산을 잃어버린 채 혀를 괴롭혀 그의 미간을 찌푸리게 했다. 그는 남은 거품까지 입을 조금 더 벌려 마신 뒤 코로 긴 호흡을 내쉬었다. 왼손을 들어 흑맥주를 주문했다.

"그 의사와 강아지는 그 뒤로 같은 상황으로 몇 번 더 오더라고요. 때론 배에 거뭇한 게 묻어있던 경우가 있었어요. 구두약이겠죠. 그게 내 병원을 찾은 가장 보편적 이유일 거예요. 보편적이라고 하니까 굉장히 잔인하게 들리네요. 매번 그 의사는 장난감을 고치러 수리점에 방문한 것처럼 보였어요. 부러진 곳을 이어 붙이면 몇 번은 더 가지고 놀 수 있게 만들어주는 수리공을 만나러 온 거죠. 방문 빈도가 높아지면서 나는 이게 교육이 아니라 학대라는 것을 알 수 있었어요. 그런데 말이죠. 그 학대 정황을 보고 나는 어디에도 신고할 수가 없었어요. 괜히 신고하면 '강아지인데 뭘 그래요.' 하며 넘겨버릴 게 분명했으니까. 오히려 나의 오지랖을 탓할지도 모르죠. 나도 정기적으로 돈을 가져다주는 사람이기도 해서 죽음의 문턱을 향해 기어가는 강아지의 뒷다리를 잡고 삶의 한가운데 던져놓았죠. 완벽한 실수 같아요. 정말 완벽한 실수.

월요일 낮에 강아지를 데리고 오더라고요. 평소 같았으면 출근했을 의사가 월요일 낮에 강아지를 데리고 온 것은 의아했죠. 손에는 붕대를 감고 있더라고요. 켄넬에서 꺼낸 강아지는 이미 살아있다고 말할 수 있는 상태가 아니었어요. 누워서 눈조차 제대로 감지 못하고 숨만 간신히 헐떡이고 있었죠. 이번에는 물어서 혼났나 싶어서 배를 만지는데 잘못됐다는 것을 본능적으로 느꼈어요.

식은땀이 몸에 쫙 퍼졌어요. 손이 닿자 강아지는 힘없이 고개를 들었다가 털썩 내려놓더라고요. 의사는 금요일 저녁부터 이렇다고 했어요. 주말을 건너뛰고 병원에 데리고 온 거예요. 강아지는 사나흘 동안 뭘 먹지도 못하고 고통 속에 누워있었겠죠. 그때 처음으로 그 의사라는 사람에게 굉장한 증오와 모멸감을 느꼈어요. 참 빨리도 느꼈죠. 이를 꽉 깨물고 강아지를 바로 수술대 위로 올렸어요. 절차고 뭐고 일단 축 늘어져 있는 배를 열어서 상태를 봐야 한다고 생각했죠. 원래 수술에는 치료 목적이 있어야 하고 해당 부위만을 수술해야 하는데, 부위가 아닌 범위도 가늠하지 못할 정도의 나쁜 상태니까 뭐라도 해보려고 이성의 끈을 놓은 채 수술을 시작했어요. 수술이라고 말하기도 부끄럽죠. 그냥 마취하고 소독하고 배를 가른 것뿐이니까. 성한 곳이 하나도 없었어요. 부러진 뼈와 터져버린 장기들을 아직도 잊지 못해요. 사나흘 동안 살아 있었다는 게 기적이라고 할 정도로 심각하게 훼손되어 있었죠. 뭐 어디서부터 만져야 할지 감이 오지 않더라고요. 상황이 이렇게 되기 전에 조금 더 빨리 적극적으로 조치를 했으면 좋았을 텐데, 참혹한 결과를 보고 나니 후회가 되더라고요. 다친 것을 치료해봤자 결국 결과는 같을 텐데 그냥 가볍게 돈을 먼저 생각하고, 누군가에게 알려봤자 어차피 못 바꾼다는 생각만 했던 것이 그런 결과를 초래할 줄은 몰랐어요. 강아지에게 정말 미안하더라고요.

순간, 강아지가 바라는 유일한 것이 죽음은 아닐까 하는 생각이 들었어요. 수술대에서 간신히 숨이 붙어있는 강아지의 몸에 진통제를 최대한 주입했어요. 이런 상태에도 효과가 있을지 모르겠지만 일단 집어넣었어요. 평범한 강아지라면 옆에서 폭탄이 터져도 아프지 않을 정도로 말이죠. 그다음에 심장을 멈추게 했어요. 갈라져 있는 배의 위쪽을 더 찢어서 심장에 간신히 연결된 호스 같은 혈관을 제거했어요. 아직 살아있다는 증거로 메스가 닿자마자 피가 왈칵 뿜어져 나왔어요. 그러나 이내 잦아들었죠. 피의 흐름과 강아지의 생이. 말 못 하는 강아지라는 이유로 장난감 취급받으며 학대당한 강아지의 삶을 나름 고통 없이 마무리했다고 생각해요. 특히 당시에 감당하기 어려울 정도로 다가온 당혹감과 증오, 분노 속에서 최대한 이성적으로 강아지를 존중해 주는 선택이었다고 말이죠. 물론 사건 직후 윤리 의식 때문에 많이 고생했어요. 피를 뒤집어쓰고 손을 벌벌 떨며 생각했죠. 죽어야 하는 상황이지만 내 손으로 죽여야 했던 것이 옳은 일인가, 결국 학대당해야 하는 삶은 정해져 있는데 살려서 그곳으로 돌려보내던 내 행위가 그동안 옳았던 것인가. 당시 제 상황을 이해할 수 있겠어요? 이런 이야기를 어디 가서 많이 하지 않는데, 이야기할 때면 저는 그 장면을 멀리서 지켜보는 기분이 들어요. 1인칭이 아니라 유령처럼 3인칭으로 다양한 시선에서 나와 그 공간을 바라볼 수 있죠. 그래서 이야기하는 것과 이야기를 하기 위해 묘사하는 것이 참 고통스러워요."

그는 벌컥벌컥 거품이 가라앉은 흑맥주를 마셨다. 거품이 가라앉자 흑맥주는 간장 같아 보이기도 했고, 이따금 올라오는 기포에 콜라 같아 보이기도 했다. 조금 급하게 마셨는지 입꼬리를 따라 흑맥주가 조금 흘렀다. 그는 오른쪽 소매로 대충 거품을 닦았다. 다시 코로 긴 호흡을 뱉은 뒤 말을 이었다.

"피를 제대로 씻지 못한 상태에서 강아지를 데리고 온 의사를 마주했죠. 죽었다고 전했어요. 조금 놀란 듯하더니 이내 이렇게 말을 하더라고요. '그거 아픈 개 하나 못 살린 거예요? 때려치워요. 우리는 몸이 반으로 잘려도 붙여서 살려내는데 당신들은 그거 하나 못하나 보네요.' 이렇게 일방적으로 말을 하고 죽은 개에 대한 안부를 단 한 번도 묻지 않고 켄넬만 들고 그냥 나가더라고요. 비싼 장난감을 제대로 수리하지 못해서 나오는 짜증 같았어요. 당장 강아지의 혈관을 끊은 메스를 들고 그대로 그 의사의 목에 쑤셔버리고 싶은 충동이 강하게 들었지만, 그러기에는 수술실에서 머리를 강타한 윤리의식 때문에 오히려 주저앉았죠. 아무 표정도 짓지 못한 채로 무늬 없는 벽을 오래 보았어요.

그 뒤로는 간단한 치료를 받으러 오는 강아지를 강박적으로 더 유심히 살펴보고 반려견이 아닌 도구로 사용되고 있는 강아지가 없나 주의를 기울였죠. 다행히도 그 의사처럼 문제를 만드는 사람은 없었어요. 일부러 그러지 않았다는 이야기예요. 그냥 어떻게 강아지를 데리고 지내야 할지 몰라서, 무지에서 온 행동들로 인해 발생한 작은 상처나 강아지의 이상행동이었죠. 하나씩 차근차근 알려주었어요. 덕분에 재방문율이 줄었지만, 그 말은 강아지도 사람의 마음도 아픈 곳이 없다는 말이니까 기분 좋았죠. 강아지의 혈관을 자르는 장면이 계속 제게 고통을 남겼는데, 점차 고통의 무게를 내려놓을 수 있게 되었죠. 그다음에 오는 친구들에게 더 잘 대하고 어떠한 방향으로 진료하고 진단해야 살아있는 강아지를 일부러 죽이는 일이 없어진다는 것을 알았기 때문이에요. 그런데 시간이 얼마 지나지 않아서 그 의사가 또 찾아왔어요. 처음 강아지를 데려올 때와 같은 증상을 보이는 다른 대형견과 함께요."

그는 나를 보며 고통스러운 실소를 보였다. 그는 과연 직업적으로 옳은 행동을 해야 했을까, 아니면 예약된 고통을 더는 받지 않게 덜어주는 방법으로 처리해야 했을까. 무엇을 택하더라도 윤리적이고 비윤리적인 양극 속에서 고민했을 것이다. 나는 그와 눈을 마주하는 것을 포기하고 표정 없이 정면을 보며 맥주를 마셨다. 주문하고 이야기를 오래 해서 그런지 맥주는 조금 식었고, 탄산은 힘이 빠졌다.

"비아냥도 여전했어요. 누가 봐도 '설마 이것도 못 고치는 병신은 아니겠지?' 하는 말투로 말을 하더라고요. 저는 그의 비아냥을 핑계로 치료하지 않겠다고 이야기했죠. 그는 자신들이 외치는 히포크라테스 선서를 이야기하며, 수의사가 다짐하는 것도 있지 않냐며 쏘아댔죠. 수의사는 수의사 신조라는 게 있어요. 거기에 보면 '동물의 건강을 돌보고, 질병의 고통을 덜어주며'라는 단락이 있어요. 과연 이 사람이 데려온 강아지를 치료해서 현재의 고통을 덜어주고 건강을 되찾아 준다면, 그 이후의 생활이 행복할지 다시 또 고민하게 되었죠. 짧은 순간 수많은 생각을 해봐도 절대 그럴 일은 없다는 것을 당연히 알았어요. 그래서 다시 치료를 거부했어요. 그는 욕을 하고 나갔지요. 제대로 걷지 못하는 아이를 힘으로 끌고 나갔어요. 그때 드는 생각이 뭐였는지 알아요? '치료를 진행하지 않아서 다행이다.'가 아니라 '죽여주지 못해서 미안하다.'였어요. 죽인다면 명백히 생명을 내 손으로 앗아간 거니까 나의 윤리에 문제가 생겨요. 그러나 나의 윤리를 저버리더라도 동물의 행복을 위해 진료하는 게 수의사의 존재 이유라는 생각이 들더라고요. 사실 그런 강아지를 죽이는 게, 살아서 느껴야 할 고통을 미리 덜어주고 편한 곳으로 보내주는 것이 윤리를 저버리는 것 보다 합리적이라고 생각했어요. 그렇게 이미 답이 나와 있는 고민을 시작했죠.

저는 충격에서 벗어나지 못한 채로 병원 문을 닫고 방황했어요. 그러다가 예전에 시골에서 잘 대해주시던 분에게 갔어요. 소를 꽤 많이 키우던 분인데 제가 수의사 일을 처음 시작할 때부터 알고 지내던 분이죠. 병원을 닫았다고 하니 며칠 내려와서 쉬라고 하셨어요. 그러면서 소 좀 봐달라고 넌지시 부탁하더라고요. 그게 쉬는 거냐고 했지만, 당연히 그곳에서 쉬면서 해야 할 일이었죠. 전신주조차도 많이 없는 그곳에서 낮에는 소를 보고 밤이나 새벽에 새끼를 낳으면 새끼 받아주러 가는 등 신세 지는 만큼 일을 했어요. 꽤 오랫동안 신세 지며 일을 했죠. 그러다가 같이 우시장에 나가기도 했어요. 거기는 송아지부터 시작해서 거대한 소까지 다양한 소들이 사람에 의해 남은 삶이 재단되는 곳이에요. 도축되는 소, 다시 다른 사람의 손에 길러지는 소. 크게는 이렇게 두 가지였죠. 소들은 앞으로 자신의 삶이 어떻게 변할지 모르니까 수많은 소 사이에서 날뛰고 겁먹었죠. 날뛰다가 코뚜

레가 찢어져 피를 하염없이 쏟는 소도 봤어요. 고통스러 운지 피를 쏟는 동안에는 가만히 낮게 울며 서 있더라고 요. 주인이 조심스럽게 주변을 어루만져 주는데, 소가 시선에서 얼굴을 떼지 못해요. 침과 피를 길게 늘어뜨리면서 바라보는 얼굴이 참 안타까웠어요. 주인도 큰마음 먹고 자식 같은 소를 보내러 왔는데, 피 흘리는 것을 보면 마음이 편치 않을 거예요. 그런 소는 당일 거래가 불가능해요. 어느 정도 치료를 받고 난 뒤에 다시 나오겠죠. 과연 그 소는 치료받고 온다고 한들 이 공간에서 찢어진 기억까지 치료할 수 있을까요?

저를 도와주시는 분은 그날 소를 두 마리나 보냈어요. 눈이 주먹만 한 아이들이었는데, 적당히 몸집을 불려 주어서 시기에 맞추어 보낸 것이에요. 아저씨는 소가 우시장에 묶이는 것을 보면 더는 그곳에서 오래 머물지 않아요. 중개인이랑 오래 본 사이여서 서로 힘 빼지 말고 적당히 하자며 이야기하죠. 그러곤 끝이에요. 다른 데는 값을 후려치려고 하는 중개인과 한 푼이라도 더 받으려고 하는 주인이 실랑이하는 것을 자주 볼 수 있어요. 그런데 굳이 그런 데서 힘 빼지 않고, 간만에 열리는 시장이니 빨리 일 끝내고 근처 식당에서 맛있는 거나 먹으러 가자고 하죠. 일찍 일을 마치고 식사로 고기를 먹으러 갔어요. 소 키우는 사람들이 소를 먹는다고 하면 이해를 못

하는 사람도 있더라고요. 어떻게 키우던 생명을 죽이고, 그 죽인 대상의 맛있는 부위를 일부러 찾아 먹느냐고요. 글쎄요. 파 농사를 짓는 분이 직접 키운 파를 전으로 부쳐 먹던 파절이를 해 먹던 아무런 논란이 없는데, 움직이는 것을 키우는 사람이 그러면 뭐라고 한마디씩 하더라고요. 아무튼, 시시콜콜한 이야기와 적당한 술을 마시며 이야기를 나누었어요. 시골에서 농사를 지으시는 분들의 이야기는 도시에서 살아오던 내가 이해하지 못하고 얼버무려야 하는 이야기가 가끔 있거든요. 대화에 관심을 줄이고 적당히 고기 한 점을 입에 넣었어요. 조금 많이 익어버린 안심을 힘주어 씹었죠. 고기를 먹으며 이야기를 들어보니, 보낸 두 마리는 도축될 것 같다는 이야기를 들었어요. 그래서 과연 도축되는 것은 어떨까는 생각을 했죠. 술을 조금 먹으면 가끔 모두가 철학자가 되어 쓸데없는 망상과 논리를 펼치잖아요. 그런 식으로 머릿속에 상상을 키워보았죠. 요즘에는 방혈하기 전에 전기로 기절시킨 뒤에 고통 없이 도축을 시작해요. 일부는 이산화탄소를 활용하죠. 이렇게 도축이 시작되면 '그 소는 과연 불쌍한 소일까?' 하는 생각이 들더라고요. 그러다가 오로지 인간이 육식하기 위해 태어나고 죽는 소의 삶은 불쌍한 삶일까 아니면 태어날 수 있을지도 모르는 소가 간신히 야생에서 태어났는데, 추위에 떨며 굶주리고 각종 맹

수에게 위협받으며 자연의 법칙에서 살아가는 것이 행복할까 생각하며, 이런저런 기준과 저울을 가져다 보았어요. 조금 더 이야기해 보면 인간이 만들어 놓은 울타리 안에서 삶을 시작해서, 배고플 때쯤 쇠죽을 끓여오는 주인 덕에 필요할 때마다 배부르고, 꼬리를 흔들며 바람을 쐬다가 배 깔고 앉아서 눈을 감고 평생 공포 없는 편안한 밤을 보내는 것이 행복한 삶이 아닐까요? 야생에서 맹수에게 밤에 기습당해 목이 물려 죽는 것과 각종 질병을 예방해 주고 단단한 울타리가 지켜주는 외양간에서 쉬는 것. 또는 자유롭게 가고 싶은 곳으로 가고 원하는 풀 뜯어 먹으며 본능에 이끌려 자연의 법칙대로 사는 것과 필요에 의해 일정 시간이 지난 후 도축되어 고기가 되는 것. 죽음에 이르는 과정 안에는 참 다양한 상황이 있는데, 행복의 정의를 인간이 너무 쉽게 선 하나 그어놓고 판단하죠. 저는 좀 아닌 거 같아요.

결국 시점 차이니까요. 아까 이야기했던 강아지를 생각해 볼까요. 야생에서 들개가 되어 자유롭게 뛰노는 것과 실내에서 언제 들이닥칠지 모르는 주인의 발길질로 두려움에 떨어야 하는 것. 모든 것은 상황이 다르고 시점도 다른데, 멀리서 지켜보는 사람들의 감성을 앞세운 잣대가 짜증 나더라고요. 홀로 술 마시면서 별생각을 다 했죠? 아무튼 이야기하려던 게 이게 아닌데…."

그는 조금 상기된 얼굴로 맥주를 마셔 가라앉히려 했다. 붉어진 얼굴은 가라앉지 않았다.

"그날 식사를 마치고 집에 가는 길에 농장 아저씨한테 물어봤어요. 도축장에 가서 도축하는 것을 볼 수 있냐고. 왜 그랬는지 모르겠지만, 그냥 그런 장면을 한번 보고 싶다는 생각을 했죠. 그런 장면은 별로 일반인한테 잘 안 보여준대요. 워낙에 동물권 보호 단체 같은 곳에서 잠입 취재를 악의적으로 하는 경우가 있고, 그것을 언론에 퍼뜨리곤 해서 일반인들한테 잘 안 보여주려고 한데요. 그뿐만 아니라 트라우마가 생겼다면서 손해배상을 청구하는 사람들도 있어요. 어처구니가 없지 않나요? 본인의 자의로 들어가서 보고 정신적 충격을 호소하는 사람이라니. 쉽게 책임을 남에게 넘기는 것이 참 어이가 없더라고요. 무슨 이런 일이 있나 싶지만 정말 그런 별일이 항상 있다고 하더라고요. 그래서 아마 저도 홀로 갔으면 아무것도 보지 못하고 돌아왔을 텐데, 농장 아저씨가 아는 분께 연락드려서 가서 볼 수 있었어요. 물론 소가 볼 수 있는 마지막 장면을 함께 볼 수 없었어요. 잘린 덩어리 단위를 도체라고 하는데, 머리와 꼬리를 기준으로 두고 세로로 반을 나눈 것이에요. 가끔 정육점 안쪽에 보면 쇠고리에 다리가 걸려서 아래로 고기가 늘어져 있는 것 있잖아요. 그걸 말하는 거예요. 이전 단계는 보지 못하게 하기도 하고, 안 보는 게 좋다고 이야기하더라고요. 커다란 도체가 반으로 나누어져서 도마 위에 올려지면 이제 작업을 시작하죠. 뼈와 근육 사이로 나 있는 길을 따라 칼을 집어넣어서 분리해요. 멀찍감치 그것을 보고 있었는데, 어느새 보니까 제가 바로 앞에 서 있더라고요. 위험했죠. 그때부터 작업하시는 분이 조용하게 부위와 칼이 들어가는 길을 설명해 주셨는데, 사실 그 고기 잘리는 모양이랑 뼈와 날이 부딪히는 소리 때문에 집중하지 못했어요. 손에서 땀이 나더라니까요.

작업하시는 분들의 작업이 끝나고 쉬는 시간에 정리해 놓은 칼 앞에 서서 서성이다 보니, 칼의 주인께서 만지지 말라고 하셨어요. 위험하기도 하고 본인이 늘 사용하는 물건이니 다른 사람의 손을 타는 것을 싫어하셨죠. 그렇게 한 발자국 떨어져서 보는데, 닳아버린 날이 잊히지 않아요. 도축하다 보면 날이 무뎌질 테고, 그것을 다시 날카롭게 갈고 하다 보면 어느새 닳아버리잖아요. 많이는 아니었지만, 그분의 칼날은 과연 힘을 받아줄 수 있을까 싶을 정도로 닳았어요. 손잡이보다 얇아 보이기도 했고. 그런 식으로 굉장히 기형적으로 닳아 있었죠. 그래서 인상 깊었어요. 바늘이 될 때까지 갈고 사용하나 상상했죠. 나중에 알고 보니까 원래 그렇게 얇은 칼이더라고요. 어느 정도 갈린 것은 있겠지만. 물론 그때는 전혀 몰랐죠. 처음 보는 신기한 것에 정신 팔려서 기억이 왜곡되었나 봐요.

집에 돌아오는 길에 얇아지는 칼날이 근육과 뼈 사이에서 길을 내는 것을 떠올렸어요. 동시에 부러진 뼈나 터져버린 장기를 되돌리기 위해 가죽을 찢는 제 모습이 포개졌어요. 둘 다 사람이고 동물을 향해 칼을 잡아요. 저는 동물을 치료해서 더 자유롭게 삶을 이어갈 수 있게 해주고, 도축업자는 죽은 동물을 재단하여 사람들에게 먹을 것을 먹기 좋게 제공하죠."

그는 조금 힘주어 말하기 전에 또는 힘주어 말한 이후에 꼭 맥주를 한 모금씩 마시는 것 같다. 목소리와 억양으로 더할 수 없는 것을, 쉽게 이야기하지 못한 막힘을, 이야기하면 할수록 막혀버리는 감정을 뚫기 위해 맥주를 들이켜는 것처럼 보인다.

"그런데 결국 칼을 잡는 것은 다르지 않아요. 아까 처음에 이야기한 대형견 이야기 있죠? 그 이야기를 한 이유가 여기서 나와요. 살려도 죽은 것보다 못한 환경에서 살아야 하는 동물을 치료하는 일이 나의 직업이었더라면, 앞으로는 차라리 죽은 동물을 조각하자. 살아있는 동물의 삶을 아름답게 만들어 줄 수 없다면, 동물이 죽음 이후에 남기고 가는 것을 아름답게 만들어 주자고 결심했죠. 그렇게 다른 칼을 손에 쥐게 된 이유에요."

그의 손은 흉터로 잔뜩 찌푸리고 있었으며, 곳곳에는 옹이처럼 굳은살이 박여 있었다. 꽤 오랜 시간 이야기한 그는 내게 별다른 말을 이어서 하지 않았다. 그가 나열한 그의 삶은 내 말문 또한 깊게 틀어막았다. 이야기가 참 오래 머릿속을 맴돈다. 살아도 죽은 동물과 죽어서도 쓰임이 있는 동물의 차이. 죽어서도 쓰임이 있는 동물은 살아서도 좋은 환경에서 자란다. 더 좋은 고기를 얻겠다는 인간의 욕망으로 쉽게 귀결시키고 비난하면 대화가 이어지지 않을 문제. 질 좋은 고기를 얻고 그것을 통해 금전적인 이익을 차지하기 위해서는 가축에게 최선의 환경을 제공해야 한다. 그런 환경은 예고된 죽음 속에서 살아가는 가축에게 살아가는 동안만큼은 부족함이 없을 것이다. 이런 가축은 정해진 날짜에 죽어야 산다. 죽음을 예약해 두어야 더 좋은 환경 속에서 알차게 살아갈 수 있다.

죽어야 사는 가축을 위해 대체할 수 있는 것들이 발전한다. 그것이 우리가 먹는 육류를 대체하게 된다면, 고기를 제공해 주는 것이 살아 있어야 할 이유였던 가축은 그 이유를 잃는다. 대체품은 도축 예정된 가축을 살리는 길이 되어줄지, 아니면 더는 쓸모 없어진 가축을 치우고 대체품을 생산하기 위한 공장을 세울지는 아무도 모른다.

01:50

 한참 말이 없던 그는 감자튀김을 시켰다. 직원이 포크를 2개 가져다주었고, 그는 내게 감자튀김을 함께 먹자고 권했다. 감자튀김이 굉장히 뜨겁다. 일부러 아주 조금만 베어 물고 입안에서 굴리듯 씹었다. 감자튀김 단면에는 허연 김이 오르고 있다. 저런 김을 코로 슬쩍 들이마시면 괜히 맛있는 기분이다. 감자가 잘 익었다고 이야기하는 것 같다. 얼어있던 감자가 탄산 거품 내뿜듯 기름 속에서 튀겨지며 만들어낸 그 향이 아주 콧속을 기분 좋게 자극한다. 밖에서는 추잡스러워 보일까 봐 일부러 코를 가져다 대고 들이마시지 않는다. 지금 당장 그 행동을 했다간 옆에 앉아있는 감자튀김 주인이 굉장히 당황할 것이다. 뜨거운 것을 잘 먹지 못한다는 핑계를 가지고 감자의 김과 향이 코까지 올라오도록 기다려주었다. 목 뒤로 넘어가지 않고 입에 머무는 호흡을 느리고 길게 했다. 적당히 식은 감자튀김이라고 생각했지만, 입에 넣기에는 여전히 뜨거웠다.

코가 예민하고 이상한 취향이 있던 나는 사격할 때 피어오르는 화약 냄새를 유난히 좋아한다. 사로에 들어가서 올바르게 어깨 견착 후 광대를 개머리판에 밀착해주면 얼굴이 자연스럽게 찡그려진다. 입을 다물고 있기 쉽지 않은데, 나는 오히려 활짝 벌렸다. 턱을 추욱 늘어뜨리면 더 많은 뺨이 차가운 개머리판에 닿는다. 이런 부가적인 의식을 치르는 데는 이유가 있고, 이유 때문에 나는 사격을 일찍 마치고 돌아간 적이 없다. 과녁을 향해 조준하고 방아쇠를 아주 조심스럽게 당기면 총구와 총열에서 흐릿한 화약 연기가 피어오른다. 다른 과녁을 조준하는 4초 남짓한 시간 동안 화약 냄새를 들이마신다. 입을 벌린 상태에서 최대한 느리고 길게 코로 들이마신다. 그 상태로 호흡을 들이마시면 뱉을 수 없다. 다음 과녁을 향해 조준해야 하고 방아쇠를 당기기 전까지는 호흡하면 안 되기 때문이다. 탄알집을 바꾸어 줄 때까지 총을 들고 화약 냄새와 홀로 애정행각을 나눈다. 그러다 보니 내 사격 실력은 형편없다.

옆에 앉은 남자는 포크를 가볍게 잡고 손을 떨었다. 그리고 말없이 계속 감자튀김을 씹었다. 여전히 뜨거운 감자튀김을 초점 없는 눈으로 씹어댔다. 그리고 맥주를 부드럽게 마셨다. 잔을 올리기 위해 치켜든 그의 목에는 혈액으로 가득한 시퍼런 핏줄이 꿈틀거린다. 맥주를 들고 있는 손목에도 퍼런 핏줄이 사슬처럼 엉켜있다. 그는 맥주를 가득 움켜잡듯 들어 올렸다. 맥주잔을 들고 있는 왼손은 떨지 않았다. 잔이 비어가면 갈수록 채워져 있던 맥주가 가린 그의 손바닥을 보여주었다. 꿀렁일 때마다 한 마디씩 드러난다. 가리려고 해도 가벼운 거품은 이내 흘러내리고 유리잔에는 그가 움켜쥐어서 뭉개진 굳은살이 볼품없이 드러난다. 더는 술을 시키지 않고 떠는 손으로 내게 악수를 청하고 자리를 떴다.

02:03

전화가 왔다.

"야, 안 자냐?"

"형, 이 시간에 무슨 일이신가요?"

"너 307호 아저씨 기억나?"

형이 이야기하는 307호 아저씨는 형의 건물 월세방에서 사는 사람 중 하나일 것이다. 그 건물에는 사는 사람들은 사연이 많아서 대충 기억난다고 답했다.

"그 사람 죽어서 지금 청소하고 집에 가는 길이야."

죽었다는 이야기에 정신이 번쩍 들었다. 과거 우리의 대화 속에서 307호에 사는 인물이 어땠는지를 떠올리려 애썼다. 그 아저씨는 시커먼 피부에 자글자글한 주름이 있고, 이는 몇 개 남지 않았었다. 담배를 건물 밖에서 피워야 하는데, 내려오는 계단에서 이미 불을 붙이던 사람이다. 매번 죄책감 없이 그런 행동을 했고, 건물에는 비흡연자가 거의 없어서 모두 별로 개의치 않았다. 물론 똑같이 행동하는 사람도 없었다. 걸쭉하게 가래침을 뱉어대며 거니는 모습이 기억 안에 담긴 전부다. 우연히 지나가다 눈을 마주쳤을 때는 이미 세상 사람이 아닌 것 같은 눈빛이었다. 동그란 눈을 반쯤 감고 나서 벌어진 입으로 나를 바라봤다. 희끗희끗한 수염은 눈썹보다 길었다. 고집 세 보이는 머리카락이 여전히 남아있는 덕분에 그는 나이에 비해 조금 젊어 보였다. 그래도 더는 살아있는 사람이 아니라는 기운을 풍겼다. 기운이 짙어지는 것 같지는 않았는데, 그가 죽었다니.

"그걸 어떻게 알았어요? 아니 그전에 형이 거길 왜 청소해요?"

"너도 알잖아. 그 아저씨 얼굴 안 좋던 거. 나는 방에 사람 들어올 때 상태가 안 좋아 보이면 보호자 연락처를 받아놔. 그 아저씨도 방에 들어올 때부터 아파 보였지. 그런데 요즘 그 아저씨가 안 보이더라고. 담배를 피우러 안 나오는 게 이상했지. 그런데 그걸 너무 늦게 알아차린 거야. 나도 다른 일 하느라 정신없었는데, 오늘은 낌새가 이상해서 가보니까 문을 두들겨도 반응이 없더라고. 보호자한테 전화해 보니까 거기도 받지를 않아. 그래서 일단 경찰이랑 구급 대원 부르고 나서 내가 갖고 있는 열쇠로 문을 열었어. 혹시 몰라서 나는 못 들어가게 막더라고. 혹시나 했지만 역시나였지. 보호자에게 여러 번 전화를 거니까 그제야 받더라. 바로 온다고 이야기했고, 아저씨는 경찰과 구급 대원이 조심스럽게 데려갔어. 어느 정도 상황이 정리되고 나서 나는 빈방을 확인하러 들어갔지. 그즈음 가족들이 도착하더라. 근처에 살고 있었나 봐. 아래에서 경찰이랑 구급 대원이랑 이야기 나누고 올라와서 방을 한번 둘러보았어. 별말 안 하더니 1층으로 내려가서 나도 문을 잠그고 따라 내려갔지. 얼마 안 되는 보증금은 청소하고 정리하는 데 사용해 달라고 했어. 솔직히 보증금에 비해 정리하고, 뭐 이것저것 하는 것이 훨씬 비싼데, 거기다 대고 얼마 더 달라고 하기 애매하더라. 그래서 내가 청소하기로 마음먹었어. 청소 도구를 방에다 가져놓은 다음에 아저씨의 낡은 운동화에 쌀을 가득 담고, 그 위에 소주를 가득 부었어. 할머니가 고독사 한 사람한테는 그렇게 마지막 식사 대접하고, 가는 길에 심심하지 말라고 술 한잔 건네는 것이 예의라고 했거든. 쌀위에 부은 술이 바닥으로 새더라. 생각해 보니까 천으로 되어 있고 군데군데 뜯어지기도 많이 뜯어졌는데 당연한 거였지. 그래도 시작한 김에 반대쪽 신발에도 쌀을 담고 소주를 부었어. 조금 남은 건 내가 마셨지. 내 건물에서 이런 일이 벌어지면 나도 마음이 별로 좋지 않아. 그래서 술을 조금이라도 마셔줘야지. 그렇게 하면서 현관에 앉아있는데, 그제야 307호 아저씨가 담배 피우러 귀찮게 신발 구겨 신고 나가는 모습이 보이는 것 같더라.

　아무튼 우리 방이 되게 좁잖아. 눕는 자리 외에는 딱히 공간이 없는 거. 바닥이 작으니까 천장도 작고, 창문은 뭐 당연하고. 아무튼 그 좁은 구석 같은 방에서 아저씨가 끼인 듯 죽어 있던 것 같더라. 누워있던 자리에만 먼지나 이런 게 없었어. 키도 그 나이치곤 꽤 큰 편이라서 더 불편했을 거야. 바닥에는 먹고 남은 쓰레기, 담배 비닐, 모래처럼 깔린 담뱃잎. 쪼그려 누워서 죽었을 것만 같은 범위 내에 흔적들이 가득했어. 청소를 막상 시작하려는데 그런 작은 것들이 눈에 띄더라고. 무언가 기념할 만한 것은 없었어. 액자라던가, 수첩 이런 거는 전혀 없었어. 어차피 모두 버릴 거라서 조금씩 살펴보았는데 정말 별것이 없었어. 오래된 모텔에서 볼만한 음란 광고가 뒤덮인 휴지, 녹이 슨 손톱깎이, 일회용 면도기, 바닥에 떨어진 면도기 뚜껑, 얇고 딱딱한 비누, 냄새나는 수건, 지저분한 거울, 쓰레기통 대용으로 사용한 검정 비닐봉지, 넘쳐서 주변에 굴러다니는 쓰레기. 내가 관심을 기울이고 간신히 본 것들은 이런 거야. 뭔가 어떤 집단의

사람들은 모두 이럴 것 같아서 괜히 마음이 좋지 않더라. 방이 좁은데 정리하는 데는 생각보다 시간이 필요하더라고. 그게 어차피 소각될 쓰레기들인데 내가 괜히 아는 사람의 물건을 버리는 것 같아서 천천히 하기로 했어. 그냥 버리는 게 아니라 소중히 담아두는 듯한 느낌이야. 봉투에 대충 때려 부어버릴 만도 하지만 차근차근 아래부터 쌓듯이 집어넣었어. 은근히 비상금이나 뭐 이런 게 나올까 살살이 뒤져보았는데 별거 없더라. 정말 별거 없었어. 어느 정도였느냐면 다 정리하고 난 다음에 어설프게 50L 쓰레기봉투 2개가 차 있더라. 사람이 살아가면서 조금 더 남길 법도 한데, 그 아저씨는 50L 쓰레기봉투 두 장도 다 채우지 못할 만큼 남긴 게 없었어. 그나마 자리를 많이 차지한 것은 퀴퀴한 냄새 나는 옷가지들이었어. 특히 겨울옷. 본인이 들인 가구도 없었지. 화장실에는 비누 하나랑 칫솔 정도. 그거 다 더한 게 아까 말한 양이라니까. 좀 허무하더라. 너는 나중에 죽으면 50L 쓰레기봉투 몇 장에 얼마나 담을 수 있을 거 같냐. 아무리 열심히 살아도 남은 결과물이 쓰레기봉투에 들어가는 내 물건들뿐이라면 좀 억울할 것 같아. 게다가 그게 양이 적다면 더 그렇겠지. 사람은 결국 죽는다고 하는데, 뭔가 깨닫게 하는 죽음은 처음이야. 이제 술을 줄이면서 삶을 대하는 마음을 좀 다져 잡아 보려고."

"어떤 거 하려고요?"

"몰라, 일단 건물에 있는 다른 사람들 관리부터 해야 할 것 같아. 그다음에 평소에 생각했던 것들은 다 해보려고. 그리고 생각했던 것들을 하는 도중에 새로운 생각을 해보려고. 이게 될지 모르겠는데. 죽기 전에 떠오를 것 같은 일 있잖아, 그런 아쉬운 것들을 하나씩 미리 시도하면서 후회할 여지를 없애버릴 거야. 너도 술 좀 줄이고 다른 것들 좀 해봐. 오늘도 혼자 술 마시지? 그럴까 봐 시간이 이렇게 늦어도 전화했어."

"에이, 형. 나는 이게 일인 거 알잖아요."

"그건 그런데, 아무튼 다음에 또 전화한다. 수고해."

"네."

02:33

이곳의 마감 시간은 새벽 세 시다.
"계산해 주세요. 사장님."
사장님은 지폐 몇 장을 봉투에 담아서 내게 건넸다.
"오늘도 수고했어."
"감사합니다."

02:36

사람은 모두 자신의 이야기를 하고 싶어 한다. 낯선 사람이라 하더라도, 오히려 여행하며 처음 만난 사람이라면 더 많은 것을 이야기하고 싶어 한다. 어차피 내일은 모르는 관계니까. 사람은 그런 존재다. 나의 이야기를 해야 한다. 누구보다 수많은 고민거리를 가지고 있는 것처럼 부정적인 현실을 이야기하다가도, 그중 뛰어난 면모를 티 나게 드러내고 싶어 하는 존재이다.

나는 이 술집에서 일하는 사람이다. 결국 털어낼 이야기를 쉽게 시작할 수 있게 유도하는 연습 상대. 직원과 다른 눈높이가 아닌, 어깨를 나란히 하고 같은 높이에서 눈을 마주쳐 주는 사람. 때로는 정제되지 않은 감정을 받아내는 쓰레기통. 관심이 가득해 보이는 맞장구와 진지하게 들어주는 것이 나의 일이다. 무언가 이야기하고 싶은 사람들의 목적이다. 그런 사람들이 이야기를 마친 뒤 다시 새로운 이야기를 털어내기 위해 이 공간으로 오게 만드는 것이 나의 역할이다. 오늘도 역시 자리를 지키고 앉아 있는 것만으로 꽤 오랜 시간을 흘렸다. 큰 실수 없이 이야기를 끌어내었다. 때론 온종일 자기 자랑하느라 들어주기 역겨운 사람도 있는데 오늘은 울분을 삭이고 적당한 감정 조절 속에서 말을 건네준 사람들이라 편했다. 이야기하기 어려운 주제들이었을 텐데. 오늘의 일이 끝났으니 집으로 가는 길에 들었던 이야기를 머릿속에서 지운다. 다음에 만나면 '지난번에 했던 이야기인데…'하며 말끝을 흐리는 사람이 있을 수 있겠지만, '아 그랬죠?' 하며 술 한 잔 더 주고받으면서 들어줄 자세를 취하면 그들은 금세 잊고 새로운 이야기를 쏟아 낼 거다. 그러니 가차 없이 잊어버리려 한다.

새벽 골목길을 걸어가는데 바람이 차다. 이제 소매가 긴 옷을 입어야겠다.

올리브 프급

초판 1쇄 발행 2022년 3월 25일
초판 2쇄 발행 2024년 10월 15일

지은이	**리누**
교정 및 교열	**이현우**
표지 디자인	**평오 @pyeong.oh**
내지 디자인	**이현우**
펴낸곳	**그런 의미에서**
이메일	**2nd_meaning@naver.com**
인스타그램	**@2nd_his_meaningshop**
ISBN	**979-11-971382-3-2 (02810)**

*이 책의 내용 전부 또는 일부를 재사용하려면 펴낸곳을 통해 저작자의 동의를 받아야 합니다.